Tabla.

a família
que
devorou seus
homens

tradução
safa jubran

dima
wannus
a família
que
devorou seus
homens

FOI ESTRANHO O SONHO que ela teve naquela noite. Eu já esperava um sonho corriqueiro. Toda manhã, nos últimos dois anos, eu escutava os seus passos lentos raspando o carpete da escada de poucos degraus, até chegar à sala onde eu estava sentada no lugar de sempre, tomando café e esperando. Eu não tinha mais o que esperar, mas já me acostumara àquele estado de espera. Antes, não sei exatamente quando, eu esperava eventos específicos, bem definidos, que começavam no início e terminavam num ponto final. Não sei se eu os inventava só para esperar, mas eram bem definidos, mesmo que não fossem acontecer logo depois do ponto. Agora, passei a esperar o que não conhecia; talvez eu esperasse o dia em que pararia de esperar!

Naquela noite, o sonho foi diferente de todos que o antecederam ao longo desses dois anos. Minha mãe contou que viu alcachofras que devoravam umas às outras. Tinham olhos, boca e dentes afiados e fortes. Descrevendo o sonho, levantou as mãos, com os dedos dobrados na posição de ataque, e cerrou os dentes bonitos e bem feitos, tentando lembrar-se do sonho exatamente como ela o vira. Terminou a descrição com uma careta de aversão, cheia de terror. Perguntei a ela se chegou a ver sangue saindo das alcachofras. Com o olhar perdido, não respondeu. Talvez tivesse esquecido. Não sei por que lhe fiz aquela pergunta. Para diminuir o peso do sonho? Dizem que ver sangue no sonho evita que ele se realize.

Eu parei de contar os meus sonhos faz tempo. Não havia mais lugar para eles com os sonhos da minha mãe. Nossos sonhos já não se completavam como antes, pois a minha memória e a dela não habitavam mais o mesmo lugar. Ela se apoiava no passado; aprisionada nele, vivia absorta, encantada entre as suas paredes. Eu vivia os meus dias à espera. Talvez esperasse o dia em que me libertaria das histórias da minha mãe sobre aquele passado fadigoso. Esperava também deslizar do presente até o futuro. Ávida por devorar o tempo, eu quase não aproveitava o momento, à espera dos momentos seguintes. Aquele sonho era diferente e, apesar da sua crueza, não pertencia ao passado como de costume. Chamava-me a atenção a linguagem corporal que a minha mãe dominava e a sua atuação quando narrava qualquer evento. Se ela não tivesse levantado os braços, dobrado os dedos em forma de ataque, cerrado os dentes e feito a careta de nojo, eu não teria achado o sonho tão cruel. Ela jogava com a memória. Brincava com a região do inconsciente, a dela e a minha. Transformava uma cena trivial em uma cena de terror.

Ela vivia sonhando com o palco. Um dia se cansou desse sonho, que já não era mais possível, e trocou a paixão por representar nos palcos pela paixão de representar os seus sonhos e as suas histórias emocionantes para nós. Eu assistia à sua paixão, contentando-me com promessas secretas que eu fazia a mim mesma: "Vou fazer de tudo para realizar esse sonho para ela". No entanto, não passavam de promessas absurdas — por meio das quais, talvez, eu me libertasse da culpa. Eu nem sequer tentava! Parei de pensar na promessa de levá-la ao palco e decidi ser seu público. A casa tornou-se um palco com apresentações diárias, que seguiam até a noite. Ela atuava e eu assistia. Verdade seja dita, nem sempre fui um público paciente e contemplativo, mas a acompanhei o quanto pude, tentando escutar, pensar e registrar na minha memória tudo o que ela dizia.

Minha mãe terminou de contar o seu sonho medonho e, como de costume, continuou me encarando. Seu olhar sempre me constrangia, como se esperasse que eu dissesse algo, sem que eu tivesse o que dizer, não por falta de vontade, mas porque geralmente a conversa já estava encerrada e não havia nenhuma vantagem em retomá-la. Por exemplo, ela me perguntava como eu gostaria de comer o ovo, se cozido ou frito; eu respondia sem hesitação que cozido, mas ela continuava a me olhar bem fixamente nos olhos, perdendo-se neles, e eu ficava sem jeito. Permanecia assim absorta quando conversávamos de banalidades. Não era por pura distração; de modo geral, a coisa vinha acompanhada de lentidão e de uma dose de reflexão que não condizia com aquelas conversas triviais. No entanto, as palavras caíam dos seus lábios com facilidade e leveza quando falávamos de assuntos sérios e fundamentais. Aí, os olhos não se fixavam num determinado ponto, mas passeavam pelo lugar como se dançassem. Minha mãe contava os eventos importantes com uma voz suave e radiante, como se falasse de algo banal, que não deixaria vestígio nenhum na memória, mas exagerava as questões menores e simples, como quando descobria que o sal que ela tinha só daria para a comida de um dia!

Estávamos sentadas no nosso lugar habitual, na pequena sala de estar que se abria e se alongava, empurrando as paredes a fim de acolher sua memória fenomenal. Ela, sentada na sua poltrona cinza, e eu jogada no meu confortável sofá azul, separadas pela mesa de madeira retangular. Diante de mim, um cálice de vinho branco, e diante dela um uísque com duas pedras de gelo. A fumaça dos nossos cigarros escapava devagar dos lábios e chegava até quase a metade da mesa antes de se fundir e se confundir. Como de praxe, minha mãe sorriu com o canto dos lábios. Minha mãe não esboçava o sorriso todo, nunca o oferecia por inteiro. Apenas o canto esquerdo dos lábios e da bochecha ensaiava um sorriso que podia evoluir para uma risada retumbante. Olhou-me por um segundo fugaz; olhos risonhos, que logo baixaram para o copo de uísque; ela o ergueu com os longos dedos bem-feitos e tomou um gole, depois outro antes de devolvê-lo a seu lugar e então contraiu os lábios por causa do gosto forte. Levou a mão direita ao cabelo cinza, afastando as mechas dianteiras para trás, e depois com o polegar e o indicador limpou os cantos da boca; esperou por um instante antes de levar a mão novamente ao colo como fazia quando estava sentada, a mão direita sempre envolvendo a esquerda. Parecia que ia começar a falar. Pensei que contaria as suas memórias como costumava fazer todas as tardes, mas não. Ela proferiu uma longa frase, porém não demorou muito para concluí-la, apesar de falar devagar e pausadamente, espremendo e mastigando cada palavra, arranjando-as com gosto, como sempre fazia. Até mesmo as letras interdentais, ela procurava pronunciar com exatidão sem deixar escapar nenhuma. Com o tempo, fui observando tais letras e percebi que havia uma única palavra que escapava à sua vigilância: *istithná*, que ela pronunciava *istisná*; no mais, tudo era perfeitamente articulado nas suas conversas com os outros. Naquela tarde, minha mãe proferiu lentamente a longa frase, que atravessou meus ouvidos com a velocidade de uma única palavra!

"Toda noite penso em me matar, mas fico com medo de você se atrapalhar comigo, sem saber como nem onde me enterrar."

Minha alma estremeceu, senti um cansaço pousando nos joelhos e não conseguia me endireitar, porque não podia mexer as pernas. Lembro-me de que ela não me fitou demoradamente naquela tarde nem se distraiu. Não esperou que eu lhe pedisse que me contasse mais, nem que eu insistisse para saber mais detalhes. Contentou-se com aquela frase, tomou outro gole, como se ela a tivesse deixado escapar da sua alma para, em seguida, fugir para o silêncio e a indiferença. Como se participasse de um jogo. Olhei-a bem nos olhos, suplicando pelo resto da história. Naquele momento, pensei no meu pai. Senti uma falta tremenda dele. Se ele estivesse presente agora, teria escutado comigo e eu não ficaria tão desconcertada, talvez. Saber que outros ouvidos além dos seus estão escutando alivia o peso de qualquer história e faz com que a alma a carregue intuitivamente, sem que se tenha que pedir a ela. Eu sabia que meu pai era o único capaz de carregar metade da história. Havia outros que poderiam fazê-lo, talvez, mas já se foram... todos foram embora.

Vivi quarenta anos apoiada no que herdei do meu pai: o temperamento, o gênio afiado e a teimosia. Todo dia, minha mãe me lembrava de quão parecida eu era com ele. É fácil criar semelhanças. Eu acho agora que ela inventou todas aquelas coisas nas quais me "pareço" com ele, apenas para mantê-lo com ela, para acreditar que não o perdeu completamente, que sua sombra ainda caminhava pela casa por meio do meu temperamento difícil e da minha teimosia. Talvez ela tivesse inventado essa semelhança para me contar histórias que precisava contar na presença dele, para que as dividíssemos, ele e eu.

E eu andava sempre curiosa a respeito da minha aparência, do meu corpo, do cabelo ralo, da pele e de todos aqueles detalhes que minha mãe e eu não tínhamos em comum, nem de perto nem de longe. Sempre me queixava por não ter herdado dela os seios fartos, as pernas torneadas, os dedos finos e harmoniosos. Minha mãe chegou aos sessenta anos com muito cabelo, mas eu... não me atrevo a enfiar os dedos curtos e gordos no meu cabelo, evitando perder mais um tantinho do pouco que tenho. Minha mãe sorria quando eu falava para ela desses desgostos. Olhava para o rosto dela, a pele clara e esticada, enquanto a minha começava a ser desenhada por rugas desde que passara dos trinta. Olhava para seus grandes olhos abertos e os comparava com os meus, pequenos e cerrados.

Em nossa desolação, minha e dela, decidi aprisionar o tempo e documentá-lo. Comprei uma câmera e comecei a registrar aqueles dias pesados. Eu queria me livrar do fardo da sua memória, tornando-a cativa de uma memória separada da minha. Eu, completamente sozinha, decidi trazer para casa alguém que pudesse conviver conosco e dividir comigo a tarefa de escutar suas histórias. Eu precisava de mais um par de olhos nos quais minha mãe pudesse se fixar e de mais dois ouvidos para escutá-la, e assim nos consolaríamos. Decidi comprar a câmera e a convenci da importância de fazer um documentário sobre ela e sua vida. Não estava certa se queria realizar mesmo aquele filme, adiado por anos, mas eu sabia que a câmera tiraria um pouco de peso de cima de mim, já que teríamos na casa alguém que poderia compartilhar a escuta comigo e olhos que, junto com os meus, estariam a serviço do olhar da minha mãe, o que me faria respirar um pouco. Além do mais, a câmera me pouparia de imaginar coisas terríveis e não me daria a chance de mentir, nem de contornar o que minha mãe contaria; não seria possível embelezar nenhuma parte com o auxílio da imaginação e da memória. A história apareceria exatamente como contada, em palavras saídas da sua boca, sem a possibilidade de desmenti-las ou de voltar atrás. Mas, naquela tarde, tudo mudara. Minha mãe pensava todas as noites em cometer suicídio. Eu poderia sair da história, assistir de uma distância razoável. Disse a ela que eu escreveria o que veria na lente e que, se ela não gostasse do que lesse, tudo que tinha a fazer era desistir de mim. Ela deu um pequeno sorriso, mas, apesar disso, uma amargura escapou dos seus grandes olhos. Pensei: "Será que a memória abarrotada aumenta os olhos?". Então, assim que ela recordava, enxergava, e por isso fixava o olhar no vazio que se preenchia com imagens que ganhavam cor, se estendiam e se ampliavam?

Minha mãe não soube por onde começar a história. Ela, que passara trinta anos da sua vida no palco e diante das câmeras, ficou paralisada. Sorriu para disfarçar seu constrangimento e me olhou nos olhos. Pedi que virasse o olhar para lá, para os olhos da lente. Eu não lhe contei que posicionei a câmera entre nós duas para captar um pouco desses olhares. Sabia que o início não seria nem um pouco fácil, pois por onde se começa a contar a história da alma? Essa história teria um instante inaugural? Temos o que merece ser registrado? Minha mãe me perguntou em várias ocasiões se a história dela merecia todo esse trabalho.

Minha mãe vive seu dia a dia no ritmo do passado. Desde que me conheço por gente, eu a escuto contar histórias. Com ela, eu vivi um tempo diferente do meu. Cresci com duas memórias, uma que pertencia a mim e outra que era décadas mais velha do que eu — e esta passou por muitas fases. Eu ia de bom grado quando ela me transportava para um tempo no qual eu ainda não tinha nascido. Mas, de tanta repetição, fiquei confusa: será que vivi com ela aqueles eventos ou apenas os imaginei? Hoje, eu sou uma parte daquele passado recente em cujo ritmo caminhamos. Minha mãe não conta mais as suas memórias remotas, como fazia antes. A memória recente tornou-se a sua conversa cotidiana, e eu vivo essa memória com ela uma e outra vez. Diariamente, vivo a morte, a perda e aquele chão mole e frágil no qual pisamos, perdidas entre passado e presente. Vivo, a cada instante, com a sensação de não pertencer e a saudade do chão de uma casa que é minha, numa rua agradável.

A CHAGHAF LIGOU PARA A MINHA MÃE num dia quente e pegajoso de junho. Contou que os médicos em Arbil aventaram a probabilidade de um infarto. Pediu que ela deixasse a coisa em segredo, e que a mãe dela não ficasse sabendo o motivo da sua ida a Damasco no dia seguinte para fazer outros exames. Naquele dia, eu me despedi do passado do qual eu não fazia parte. Despedi-me dele para sempre. Eu me lembro das feições da minha mãe que se acentuavam a cada palavra e informação adicional proferida pela Chaghaf. Avistei rugas novas abrindo caminho sob seus olhos e um pouco de flacidez também no pescoço delicado e firme. Procurei reconfortá-la recorrendo a toda informação médica que havia coletado ao longo dos anos, por causa do pavor que tenho da morte. Disse a ela que o infarto não dá trégua, vem de repente e mata num instante.

No dia seguinte, minha mãe foi ao aeroporto para receber a Chaghaf. De lá seguiram diretamente para Damasco com o motorista que já as esperava. Não acompanhei minha mãe. Como de costume, eu abrevio o tempo e as emoções, pois temo sentir mais do que posso suportar. Paro na beira da emoção com muita cautela e só me aproximo com passos calculados que me previnem do que a minha alma não consegue assimilar. Já minha mãe sempre busca mais dessas emoções fatigantes. Larga sua alma nos instantes mais cruéis, deixa-se levar na história sem se importar com o medo. Até mesmo a minha forma de dar uma notícia ruim é diferente da dela. Quando estou prestes a transmitir uma dessas notícias, fico absorvida com os sentimentos que reviverei. Movo o olhar de um lugar para outro, hesitante, confusa, fazendo a notícia parecer uma adivinha. Minha mãe, que não se incomoda com a emoção, acompanha minha confusão e a conversa fica ridícula.

— Mamãe, sabe quem morreu?
— Quem? Alguém que eu conheço?
— Sim.
— Conheço muito ou pouco?
— Muito.
— Alguém da família?
— Não.
— Amigo?
— Sim.
— Mulher ou homem?
— ...
— Estava doente?

E, assim, eu via que a conversa entraria numa etapa cômica. Ela me perguntaria se era alto ou baixo, gordo ou magro, a cor dos olhos... Cabelo liso ou crespo? Lavava o rosto de noite como ela fazia, ou nem ligava para isso? Se fosse homem... ele urinava deixando respingos na tampa plástica do vaso, ou era organizado e limpo, não sentindo sua masculinidade ameaçada se urinasse sentado como as mulheres? Essa vagareza em dar as notícias ruins me dava segurança, como quando entrava na água. Desde pequena, nunca tive coragem de entrar na água de uma vez, com medo do frio. Sempre o medo de sentir mais do que podia aguentar. Entrava em etapas e, a cada uma, imaginava a mesma cena, que, quando meu corpo inteiro estivesse dentro da água, o tempo reservado para a natação já teria se esgotado. Tocava na água em prestações, sentava-me na beirada dos degraus. Mergulhava o dedão, sentia a água gelada e, segundos depois, mergulhava a perna sem chegar ao joelho, depois virava o corpo e segurava o corrimão e seguia descendo aos poucos, bem devagar, indiferente ao olhar das mães das crianças que ficavam agrupadas, me esperando entrar na água; mas nunca foi simples para mim — tenho medo de sentir de uma vez só.

Minha mãe não conhece esses sentimentos vagarosos, não teme o seu transbordar nem que ela os transborde. Olhava para mim, bem dentro dos meus olhos, e se perdia. Sorria um pouco mais do que o sorriso, os dentes brancos perfeitos apareciam, depois ficava com os olhos marejados, e logo as lágrimas jorravam; os lábios permaneciam com a mesma posição do sorriso, porém o aperto na garganta a obrigava a tensionar os lábios cheios e rosados. Enquanto isso, eu me ocupava do medo de sentir. Eu pedia a ela que não me contasse, dizia que eu não queria saber. Se ela ensaiasse falar, eu levava as mãos aos ouvidos e os tapava, como se o fato de não ouvir a notícia a impedisse de acontecer, a anulasse. Por que transmitimos as notícias da última partida? Se não soubermos, evitaremos esses sentimentos. Essa ideia me espantava. A morte só se realiza ao se ter conhecimento dela. Escuto muitos dizerem que temem morrer sozinhos em sua casa, numa distração de quem os ama, sem que ninguém fique sabendo da sua morte! A morte só se realiza completa e inteiramente no ato de se saber dela. E eu não quero saber. Tapo os ouvidos, assim as palavras da minha mãe ficam mudas, sem som. Vejo seus lábios se moverem, seus olhos choverem, mas não escuto nada. Não quero escutar.

Eu não fui com ela até o aeroporto, naquele dia quente e pegajoso de junho, e perdi para sempre a sua memória que até então era a minha. Minha mãe voltou do aeroporto uma outra mãe e eu tive que conhecê-la de novo. Ela tem a capacidade de se transformar completamente. Sua alma, flexível e maleável, dorme num estado e acorda noutro. A alma é mais forte que o corpo, ela expande seus traços sobre o corpo, que se adapta a ela e acompanha suas mudanças. Naquela vez, também, eu tive que conhecê-la de novo, calcular as vezes que ela chorava e ouvir o transbordar de suas lembranças com a Chaghaf. Minha mãe não tem medo dos sentimentos; ela chega na frente deles, mergulha na tristeza e vive o luto antes de a hora chegar, mas eu o adio para depois de sua hora e por anos até. Na verdade, eu não o vivo de modo nenhum. Talvez nem o adie, mas sim o anule por completo. Minha mãe, que não estudou artes cênicas, mas foi, um dia, estrela de televisão e de teatro, domina o ofício tanto na vida como na arte. Não sabe sintetizar seus sentimentos, evitando que eu experimente mais do que quero experimentar. Como um filme que resume, em uma hora e meia, uma vida inteira, minha mãe representa os sentimentos, sabe como espalhá-los e como se demorar nos seus mínimos detalhes, fazendo-me viver com ela, em duas horas, uma memória completa sem nenhuma falha.

Ela entrou em casa de cabeça erguida, como de costume, as costas eretas como as de uma jovem de trinta anos. Como se fosse eu. Eu, que estava jogada no sofá, as costas curvadas, os ombros caídos, morrendo de medo, como uma mulher de setenta anos. Como se eu fosse ela. Apenas os olhos confessavam a idade verdadeira, por causa do tempo, que, com requinte, foi mudando o jeito dos nossos olhares. Ela se sentou diante de mim como sempre, naquele salão amplo da Rua Clemenceau. Abriu o maço de cigarros Kent, acendeu um, deu uma boa tragada e jogou a fumaça na minha direção, como de costume. Olhou-me fixo nos olhos e sorriu. Eu só queria tapar os ouvidos, numa tentativa de me proteger do medo dos meus sentimentos. Não queria ouvir. Conhecia bem aquele sorriso e o distingo dos outros que antecedem os momentos de alegria. Era um sorriso amargo vindo do fundo da alma, do lugar mais remoto da memória. Um sorriso furtado de outro tempo, de trinta ou quarenta anos antes. Minha mãe tem o dom de guardar os sentimentos e armazená-los ao longo dos anos. Desembainhou da sua juventude um determinado sorriso — imaginei ser o mesmo que ela deu naquele instante longínquo, portando os mesmos sentimentos, sem mais nem menos. Seus lábios, junto com a memória, retornaram àquele instante, do qual tomaram emprestada a exata largura do sorriso. Sacudiu a cabeça e ensaiou um choro. Na verdade, eu não precisava ter ido com ela para ver a cena, para recordá-la, fresca e respirando como se a tivesse vivido, segundo por segundo. Bastava a minha mãe me contar os mínimos detalhes, do seu jeito, com aquele corpo que fala, para que eu a acompanhasse e presenciasse o que, na realidade, não presenciei. Recordo que a Chaghaf, naquela manhã, estava amarela. Não recordo, mas imagino o que minha mãe me contou. Estava toda amarela; sua pele, sempre pálida, ficou amarela. E sobre o branco dos seus grandes olhos amendoados verteu-se um amarelo. Minha mãe, naquele dia, falou do amarelo até o ponto em que me fez imaginar que o cabelo curto da Chaghaf, colorido com tons estranhos, havia ficado amarelo. A Chaghaf, a quem eu chamo de "dengosa" da família, pintava o sete ao pintar os cabelos. Ora era prateado, ora azul, ora verde — chegou até a pintar algumas mechas de cor de rosa. Mas hoje está mudando para o amarelo — foi assim que eu imaginei. A Chaghaf ria quando eu a chamava de "dengosa". Ria, depois apertava os lábios grossos, tentando disfarçar sua alegria, como se o apelido nada tivesse a ver com ela, mas eu sabia muito bem que tinha.

Apenas um ano antes daquele dia amarelo, a Chaghaf estava diante de nós no amplo salão na Rua Clemenceau. Eu estava deitada no mesmo sofá, minha mãe sentada diante de mim, como de costume, e a tia Marianne bem no meio do sofá comprido. A Chaghaf estava pronta para sair para um encontro noturno com amigos sírios que se reuniram em Beirute por alguns dias vindos de Dubai, do Cairo e de Paris. Usava um short curto e largo, que encontrou no meu guarda-roupa — e que eu costumava usar depois que dei à luz meu filho, tentando esconder mais de vinte quilos que ganhara naquela época —, um suéter leve e apertado, exibindo seus seios enormes, e uma sandália de salto muito alto, que dava a impressão de que suas belas pernas eram mais compridas. Ela anunciava sua chegada ao lugar antes do seu corpo aparecer por inteiro. O som de chocalho precedia seus passos. Gostava de usar ornamentos que fazem sons, como o *khulkhal* que usava na perna direita, acima do pé miúdo e delicado, de dedinhos perfeitos. Um colar de prata no pescoço descia até a linha que separa os seios firmes. Usava poucas ou muitas pulseiras — não importava, pois o barulho que faziam não permitia distinguir se eram uma ou dez — e dois brincos longos, dos quais pendiam pequenas pecinhas que tilintavam, também anunciando sua chegada. Lá estava ela, de pé na nossa frente, cheia de balangandãs, com a mão na cintura e um dos ombros erguido com graça. Minha tia

Marianne lançou-lhe um olhar demorado e, sem esconder sua reprovação, indagou: "Tem alguém com cinquenta anos que se veste assim?". A Chaghaf sorriu — naquele momento, parecia transpirar dengo, que pingava de seus poros e ia na nossa direção — e retrucou: "Pura inveja, tenho cinquenta anos e as pernas mais belas de toda a família". Lembro que, naquele instante, parei na parte da frase que dizia "toda a família". Não éramos mais que seis mulheres. Bastam seis mulheres para "toda a família"? A Chaghaf saiu, deixando para trás o sorriso da minha mãe — que não pude decifrar naquele dia —, o aborrecimento da minha tia Marianne e os meus pensamentos sobre a família e suas mulheres.

Tranquilizei a minha mãe. Doenças cardíacas não deixam a pele amarela. "É icterícia." Desalentada, minha mãe balançou a cabeça. Sorriu para mim aquele sorriso que brotava da dor e se perdia nos meus olhos. Eu sei que, naqueles momentos, ela não olhava para mim, mas para o vazio. A necessidade da minha mãe de olhar para o vazio era provocada pelos olhos de quem estivesse sentado com ela, e não por uma parede, por exemplo. Ela derramou toda a força do seu olhar nos meus olhos, o que me deixou desconcertada, mas eu sei que ela não esperava nenhuma reação da minha parte. Meus olhos eram o próprio vazio naquele momento. Eu sabia que a Chaghaf era um pedaço da alma dela. Minha mãe tinha dezessete anos quando a minha tia deu à luz sua primeira filha, a Chaghaf.

PASSADOS TRÊS MESES, a Chaghaf nos visitou, e essa foi a primeira vez que a vi depois da doença. Chegou exausta de uma viagem que só durou umas três horas. Minha mãe estava ocupada cozinhando. Nunca perguntei a ela se gostava de cozinhar. Sei que cozinhava todos os dias; sei que eu nunca provei uma comida mais saborosa do que a dela e sei também que todos os filhos pensam que a comida da mãe é melhor que qualquer outra. Nunca perguntei a ela, mas ficava intrigada quando a via na cozinha. Era muito boa no preparo da comida, como se não soubesse mais nada no mundo além de cozinhar. Ela cozinhava com a alma e ficava distraída apenas quando picava, limpava e arrumava. Minha mãe não gostava de inventar pratos, mas tudo o que ela preparava de comidas tradicionais não era nada parecido com o que eu havia provado em qualquer outro lugar. Ela cozinhava em silêncio. A cozinha ficava em silêncio! Eu nunca ouvi barulho de panelas, nem da esponja passando nos pratos sendo lavados, nem mesmo do atrito da colher de madeira ou de aço inoxidável com o fundo da panela quando mexia a comida com vagar e amor. Imaginava-a entrar na cozinha com seus passos lentos e silenciosos, abrir a panela, soprar dentro dela e a comida ficava pronta. Toda vez que elogio o sabor da comida, minha mãe credita à minha avó, que a ensinou a preparar alimentos "nos conformes", ou seja, perfeitamente. Não sei se era timidez o que sempre a levava a dar crédito aos outros. Ela creditava sua atuação às pessoas que a acompanharam e ensinaram, aos que deram a ela a chance de subir num palco, ou de desempenhar um papel principal num filme ou numa série. Na política e na literatura, o crédito era dado ao meu pai, obcecado por ler e escrever, não sendo bom em mais nada. Quanto ao seu sentimento de contentamento e satisfação, ela dava o crédito ao próprio pai, que não a privou, quando pequena, da realização de nenhuma vontade. Só uma vez, ela me disse que gostava de cozinhar para as pessoas que amava, e que o amor por si só fazia a comida ser mais saborosa. No entanto, eu, nas várias vezes em que cozinhei para pessoas de quem gostava, não tive nenhum êxito! Fiz todas as comidas difíceis, exceto os charutos de folha de uva. Lembro-me das longas conversas com a minha mãe ao telefone, querendo saber como fazer abobrinhas recheadas, por exemplo. Ela demorava na explicação, o tempo necessário para aprontar a comida, pois ela cozinhava devagar, "em fogo baixo", enquanto meu sangue fervia nas veias, subia à cabeça que ficava pesada, incapaz de se sustentar sobre o pescoço. Lembro-me de como eu exagerava na quantidade dos ingredientes que ela ditava para mim, de tanto que eu gostava do sabor da comida dela; no lugar de uma colherzinha de cominho no arroz eu colocava duas, no lugar de uma de açafrão, adicionava três, e assim com outros temperos, também com o azeite e todos os detalhes. Pensava que ao dobrar os ingredientes eu a superaria. Não superei. Meu fracasso não me incomodava quando eu transformava os sacos prontos de legumes e de carnes em pratos saborosos; até o dia em que meu filho começou a comer uma refeição inteira no almoço. Crescerá sem se lembrar da deliciosa comida da sua mãe? As crianças crescem e se desenvolvem com mães que não sabem cozinhar? Ele tinha três anos e ainda não havia provado quase nada feito pela minha mãe, portanto a comparação não estava em questão, já que não tinha elementos estocados para comparar minha comida com a dela. Eu inventei uma comida que não levava mais de meia hora. Ele adorou. Pulei de alegria. Todas as manhãs, perguntava a ele, no caminho da escola, o que gostaria de comer quando voltasse na hora do almoço. Ele levantava a cabeça na minha direção, olhava para mim com cautela, esboçava nos lábios um sorriso tímido. Pedia a mesma comida, e desculpas. Mais tarde descobri que ele se desculpava porque acreditava que a comida exigia um grande esforço. Gostei da ideia. Eu disse a ele que levava, sim, muito tempo para preparar, o que requeria muita concentração e reflexão, mas que a diversão compensava qualquer esforço. Fui capaz de encantá-lo com uma única comida; mas então ele cresceu, experimentou, comparou e o encanto se desfez.

Eu estava parada, esperando por ela na varanda espaçosa com vista para o salão, que também tinha vista para o quarto da minha mãe. Vi passar muitos carros na nossa ruazinha estreita, tentando não bater nos carros estacionados dos dois lados. Eu queria ficar lá por alguns minutos. Queria começar meu encontro com a Chaghaf daquela altura do primeiro andar, por medo de sentir o que eu não podia sentir. Será que compartilho isso com todos aqueles que ficam parados numa varanda esperando a chegada de alguém? A cena não deixa de ser estranha. Qual a vantagem de receber as pessoas na varanda antes de recebê-las, tocá-las e abraçá-las na porta de casa? Qual é a razão de gritar para elas do alto, acenar e trocar sorrisos? Essa situação é, geralmente, confusa para o visitante, não para o anfitrião. A visita tem que levantar a cabeça um pouco, ou muito, dependendo do andar, e trocar com seu anfitrião acenos e sorrisos, ao mesmo tempo que pega suas malas, se despede do motorista ou paga a corrida! Esses momentos também parecem cansativos e um tanto arriscados. As duas partes devem acompanhar o entusiasmo uma da outra, oferecer pelo menos a mesma dose de alegria e contentamento, do contrário o encontro será arruinado e ficarão todos incomodados com perguntas e dúvidas sobre as intenções e os temperamentos frios ou quentes. Então, a prova da varanda não é óbvia nem tão fácil quanto imaginamos. E eu estava lá, esperando. Não queria acenar para ela nem sorrir. Eu só queria avistá-la de cima, temendo transbordar meus sentimentos. Era como entrar, aos poucos, na água. O carro que a trazia chegou. Meu coração disparou e os meus joelhos tremeram; minha mãe estava ocupada cozinhando.

Dezessete anos me separam da Chaghaf. O mesmo número de anos que a separam da minha mãe. O número parece aterrorizante na infância. No entanto, a coisa vai melhorando conforme o tempo passa e à medida que se aproximam os vinte anos. Quando eu a visitava com "toda a família", eu tinha cerca de dez anos, não a conhecia o suficiente. Nós a visitávamos nos tristes fins de semana. Naquela época, sexta-feira era o único feriado. Nós nos reuníamos na sua casa, que era distante da nossa e próxima da casa da minha tia Marianne. Eu ficava apavorada com essas visitas, porque a região onde moravam era, na minha lembrança, muito longe e isolada da vida. Tento desvendar meu medo de então, mas não vejo claros seus contornos, uma opacidade cobre minha memória, fragmentos de cenas trazem de volta aquele calafrio extenuante. Minha mãe e eu tínhamos que ficar paradas na avenida principal por muito tempo para encontrar um táxi que aceitasse nos levar. Era comum, naquele tempo, que o motorista exigisse meia corrida a mais, porque a área era longe e desabitada, e ele corria o risco, portanto, de retornar ao centro da cidade sozinho, sem passageiros. Meu relacionamento com os taxistas era sempre permeado de medo e desconfiança. Eu os imaginava muito íntimos da polícia e das delegacias. Imaginava-os? Não. Eram fortes, sim, mesmo quando magros e de músculos atrofiados, pois eram acompanhados por uma certa autoridade que conferia músculos torneados aos olhos deles e ombros estufados à rouquidão de sua voz. Não sei exatamente quando essa consciência se formou em mim. Minha mãe era "encrenqueira", como se diz. No sentido de que ela conseguia criar um grande problema do nada; quando discutia com eles, as vozes se alteravam tanto que pareciam gritos. Nesses momentos, eu tremia de medo, desejando que desaparecêssemos, minha mãe e eu, assim, num piscar de olhos.

A estrada entre a nossa casa e a da Chaghaf se dividia em duas partes, separadas por uma área completamente isolada que atravessava um planalto empoeirado, como se estivéssemos no deserto. O que perturbava o primeiro trecho da estrada eram o meu medo daquela área e a minha ansiedade para chegar ao segundo trecho habitado, que anunciava nossa proximidade do destino. Aquela colina isolada era tão alta que qualquer coisa desaparecia por trás dela conforme o carro subia, depois ficava um pouco nivelada e em seguida vinha uma descida muito íngreme. Os carros antigos de marcha manual tornavam a subida assustadora, o motor engasgado enchia meu coração de medo e eu apenas suava. Muitas vezes, o carro tinha que parar no meio da subida, por alguns instantes — uma eternidade para mim —, quando o motorista mudava a marcha e seu corpo chacoalhava atrás da direção junto com seu carro velho. Eu morria de medo de que o carro andasse para trás. Depois, com a descida violenta, meu coração quase parava; eu via o motorista atrapalhado e o imaginava incapaz de controlar o carro. Na subida, era o coração apertado e o suor, na descida, um prazer bem no fundo do estômago de quem despencava das alturas, mas era um prazer imperfeito, maculado pelo medo da queda. Depois, descobri que aquela estrada ficava um pouco menos pesada quando eu estava na companhia de gente estranha. Sozinha com a minha mãe, eu me sentia incomodada e triste. Receava que ela entrasse num debate inútil com o motorista e temia perdê-la se o carro ficasse descontrolado tanto para a frente como para trás. Eu tinha certeza de que nada me machucaria, como se eu fosse transparente, incapaz de ser atingida por algum mal causado por um acidente, mas não tinha a mesma convicção quanto à minha mãe; sua personalidade era muito forte, difícil de calar. Quando a discussão começava a aumentar e o tom de voz atingia a fúria, eu lhe pedia que parasse, mas ela olhava para mim com espanto, me repreendia em voz alta, me constrangendo na frente do motorista. Certa vez, estávamos na casa de amigos, jantando em torno de uma mesa redonda, as cadeiras posicionadas bem próximas para que o maior número de pessoas pudesse caber. Estávamos tão apertados que era difícil sair da mesa. Era preciso que um de nós empurrasse a sua cadeira para trás para que os outros se levantassem. Eu estava sentada à direita da minha mãe, cola da nela. Não me lembro da conversa daquela noite, mas lembro muito bem que minha mãe estava pronta para dizer algo, no instante em que um silêncio pairou de repente, após um barulho ensurdecedor que impedia qualquer um de entender qualquer coisa. Ela contou uma história que devia ter ficado em segredo entre mim e ela. Não me lembro da história, honestamente, mas me lembro do forte calor escapando do meu coração e pousando nas minhas bochechas. Imaginei meu rosto se transformando num pedaço de beterraba, tamanha vergonha e constrangimento que senti. Tudo que consegui fazer foi cutucá-la gentilmente com o pé por baixo da mesa; então ela virou a cabeça para mim e disse em protesto: "Por que você está me cutucando? Eu quero falar". Naquele momento, a beterraba não era mais uma mera imaginação. Desde então, deixei de cutucá-la; não insinuo sequer um olhar ou uma piscadela.

A casa distante da Chaghaf era agradável. Seus móveis eram simples e aconchegantes. Muitas vezes chegávamos lá ao meio-dia e só voltávamos depois do pôr do sol. A casa da minha tia Marianne era próxima, localizada num prédio com o mesmo *design*. No entanto, o prédio da Chaghaf ficava do lado oposto da casa da tia Marianne, tinha doze andares e quatro apartamentos por andar. O grande medo que eu sentia quando as visitávamos aumentava ainda mais quando íamos à casa da minha tia, que ficava no décimo primeiro andar; já a Chaghaf morava no primeiro. Os elevadores daquele enorme projeto residencial eram aterrorizantes. Uma caixa estreita com duas portas: uma comum, que encontramos em todos os elevadores, e outra que fecha por dentro automaticamente, tornando o elevador parecido com uma represa. A cada um dos onze andares, o elevador balançava com seus ocupantes. Mais tarde descobrimos que a barra de aço que o sustentava estava sendo corroída, fazendo-o chacoalhar a cada andar. Isso sem falar da energia elétrica, que era racionada naquela época, e por isso tínhamos que pegar o elevador antes do meio-dia. Às vezes chegávamos quando já era quase meio-dia, e minha mãe, dona de personalidade forte, insistia em pegar o elevador. Eu implorava para que subíssemos as escadas: "Deus me livre! Que papo é esse!?", ela me dizia com seu sotaque damasceno. E eu não ousava deixá-la subir sozinha, pois "vai que algo acontece". Esta foi e ainda é a minha máxima, frase que repito o tempo todo. Muitas vezes vem na forma da pergunta: "E se algo acontecer?" ou, como probabilidade: "Algo pode acontecer!". A única coisa que dava um certo alívio era quando naquelas reuniões familiares tinha alguém de carro e, mais importante, que não se importava de nos dar uma carona até o outro lado da cidade no caminho de volta.

Naquela época, a Chaghaf estava no início do seu segundo casamento. Não sei quando ela se separou, ou quando se casou com um homem que me parecia muito mais velho que ela. Há um buraco na minha memória que nunca tentei preencher. Eu não me importava. Não perguntei à minha mãe sobre aquela fase; aliás, eu não perguntava nada. Eu me sentava na frente dela com a câmera, nossos olhos nos dela, e escutávamos sua conversa.

O corpo miudinho da Chaghaf fazia-a parecer mais jovem do que todas as outras. Sempre achei que ela fosse mais nova que a Ninar e tivesse mais ou menos a minha idade. Todos os seus traços eram delicados, exceto os lábios volumosos, que ela herdou da tia Marianne, e os seios fartos, que balançavam. No início daquele segundo casamento, ela parecia uma borboleta. Abria a porta para nós rindo, os olhos brilhavam, o corpo minúsculo caminhava e se agigantava enchendo o lugar, ofuscando todos os detalhes. Ela cuidava muito da arrumação da casa — ou da casa do seu marido, como fiquei sabendo mais tarde. Todas as coisas estavam limpas e no lugar, ao contrário da casa da tia Marianne, onde nos perdíamos no meio da bagunça das suas tralhas. Chaghaf cozinhava bem, porém sua comida não era tão saborosa quanto a da minha mãe, que tinha a cozinha mais bagunçada. Em suma, ela dominava o ofício culinário, seguia as receitas e as medidas necessárias para o sucesso do prato e cuidava da sua apresentação; por exemplo, nunca vimos nada derramado nas bordas dos pratos brancos, nem uma mancha sequer, como se o conteúdo estivesse naqueles pratos desde sempre. Para o marido, cozinhar era arte, não artesanato. Os dois preparavam a comida para nós. Havia uma tremenda harmonia entre eles. Ele a rodeava como pai, não como marido ou namorado. Acho que ela precisava dele como pai, não como esposo. Lembro-me de como ela ficava em silêncio, mobilizava todos os seus sentidos com a primeira mordida que dávamos. Queria ter certeza de que a comida estava boa. Começava com a tia Marianne e terminava com a minha mãe. Nós ficávamos esquecidas entre elas, éramos ignoradas. A cozinha, na família, era da minha avó Helena. Ela fundou o gosto de todos. Suas comidas eram o padrão de sabor. Todas as conversas sobre comida em nossa família começavam com a minha avó. Todas as palavras de apreciação ou crítica relacionadas à alimentação tinham também minha avó como referência. "Minha mãe, que Deus a tenha, deixava a carne de molho com açafrão um dia antes", ou: "Não, minha irmã, minha mãe não fazia os quibes assim tão grandes como você faz!". E, para aumentar a credibilidade da crítica, minha mãe recorria à minha avó: "Que Deus a tenha, minha mãe, ela não gostava da comida da Marianne", ou mesmo: "Deus tenha a alma da minha mãe, ela me pedia que moldasse os quibinhos, porque não gostava do jeito que a Marianne fazia". Eu ficava espantada com o fato de a Chaghaf pertencer a essa época. Como, se ela não era muito mais velha do que eu? A Ninar, que adorava comer, não era boa para cozinhar. Minha relação com a Ninar não era tão forte quanto com a Chaghaf. A diferença de idade relativamente grande entre nós era o que me aproximava dela e me fazia sentir que pertencíamos à mesma geração. Enquanto a idade relativamente próxima entre a minha e a da Ninar fazia com que ela fosse um pouco ríspida no trato — ela, que tinha quase vinte anos, e eu ainda com dez. No entanto, eu costumava aguardar a sua chegada, que sempre ocorria mais tarde. A loucura dela negava a ideia de família na minha cabeça. Na época, eu era muito chegada à família, gostava de cada membro em separado. Gostava da companhia deles individualmente. Assim que se reuniam, a ideia da família jogava sua sombra pesada sobre eles, sua individualidade desaparecia e suas características mudavam. Exceto a Ninar, que só se parecia consigo mesma. Nada mudava o seu temperamento nem as suas reações, e a sua presença no meio do grupo não abatia o seu entusiasmo nem freava a sua loucura. Eu não era a única que costumava esperar pela sua chegada. Todos perguntavam por ela e sentiam sua falta quando se atrasava; e ela sempre se atrasava. Diferente da Chaghaf, a Ninar era desleixada, não cuidava da aparência, usava sempre roupas largas, sem combinar as cores. Ela não gostava de maquiagem, nem mesmo de batom. Usava apenas um delineador preto, que ela rapidamente passava nas pálpebras largas. Contudo, não adquiriu, com o tempo, a habilidade suficiente para passá-lo reto e com precisão — uma parte sempre ficava abaixo da pálpebra. Ela preenchia o lugar. Estava em paz com o seu corpo. Eu a observava e ficava admirada com a sensação muito precisa que ela tinha de cada parte do seu corpo. Enquanto me sentia encolhida em mim mesma, com meus dedos fechados cobrindo as palmas, eu via como seus membros e feições se abriam no ar. Ela se sentava com todo o corpo; seus ombros tocavam o encosto do sofá e as suas mãos ficavam soltas nas laterais, e não juntas, no colo; ela esticava as longas pernas para a frente, sem se importar se ficavam abertas como as dos homens. Eu queria saber como ela escapou da educação da tia Marianne, que era mais rigorosa do que a minha mãe. Pois quando eu aprendi a falar, aprendi também a juntar as pernas ao me sentar. Uma vez, um pedaço da minha calcinha branca de algodão apareceu numa foto de família. Eu estava sentada entre os outros juntando as pernas como aprendi, mas por causa das minhas coxas magras e da pouca idade, sete ou oito anos, não consegui esconder aquela linha fina branca que escapava da saia curta. A foto permaneceu durante anos como testemunha da minha negligência em relação aos ensinamentos da minha mãe. Depois disso, passei a prestar atenção na posição como me sentava sempre que tirava fotos. Eu cerrava os dentes e juntava as pernas bem forte, cuidando para que permanecessem apertadas, fazendo desaparecer por trás delas qualquer escândalo. Não me lembro de a Ninar ter tido no seu guarda-roupa uma saia sequer ou um vestido. Ela preferia usar calças largas e camisetas soltas de algodão. Ela não só se sentava inteira no sofá como também ficava de pé por inteiro. Ela falava com as mãos e com todas as suas feições. Sua voz modulava, assim como a sua risada. O lugar ficava lotado dela, não cabia mais ninguém. Ficávamos todos olhando para ela, observando-a e escutando as suas histórias.

PAREI DE CONTAR OS MEUS SONHOS há muito tempo. Não há lugar para eles com os sonhos da minha mãe. Além disso, os sonhos dela não eram mais simples sonhos. A distância entre o sonho e a realidade diminuía a cada manhã, quando acordava e começava a narrar o que sonhara à noite. Passamos a viver na esteira dos seus sonhos, e eu temia que a distância necessária desaparecesse para sempre, que as coisas ficassem confusas entre o sonho e a realidade e eu me perdesse com ela nessa terceira memória que morava conosco. A memória dos sonhos. No passado, ela se esquecia dos seus sonhos, ou os contava com certa confusão, após perder, ao despertar, uma parte deles. Hoje, minha mãe vive o sonho em cada detalhe e o conta para mim como se fosse algo que aconteceu com ela ontem na rua. Seus sonhos se tornaram mais nítidos do que os nossos dias. Onde está o sonho e onde está a realidade? Minha tia Marianne a visitava na casa da família que as duas perderam. A casa da família, da qual me lembro tão bem, ficou mais evidente nos sonhos da minha mãe. Elas sobem os degraus que separam o andar térreo dos quartos lá em cima e se sentam com a minha avó Helena, que se foi há mais de trinta anos. Lembro-me de como ficou minha mãe na sua partida, afogada em lágrimas. Eu tinha três ou quatro anos e estava sentada no meio da cama, no quarto dos meus pais. Olhava para as lágrimas da minha mãe sem saber o que fazer. Desde então, não sei como envolvê-la.

Quando minha mãe chora, fico olhando doída. Tento me levantar para abraçá-la, mas meu corpo fica extremamente pesado, sou incapaz de mover minhas mãos, e meus pés ficam presos no chão. Lembro-me dela olhando nos meus olhos por trás das lágrimas e sua voz escoando por entre os lábios, murmurando, intermitente como uma respiração ruidosa: "Minha mãe se foi...". Eu não conhecia o impacto dessa frase até então. Não sabia o que era partir, não sabia que a gente morre e assim parte. Lembro-me de sentir falta da vó Helena na casa da família passado algum tempo; não havia mais quem colocasse um monte de açúcar no prato marrom grande, comesse e depois lambesse. De vez em quando, abro o saco cheio de fotos. Mergulho nessas fotografias de espessura variada, algumas danificadas, umas coloridas, outras em preto e branco; é um teste de memória. Eu me perco nessas imagens revirando-as entre minhas verdadeiras lembranças e as narradas pela minha mãe, pela minha tia, pela Chaghaf ou pela Ninar.

A câmera estava desligada. Aquela entidade que convoquei para viver entre nós, ansiando por dividir a escuta e o peso dessa memória. Não era uma entidade autônoma. Tinha que acordá-la do seu cochilo profundo, movê-la e reposicioná-la, para que visse o que eu queria que compartilhasse comigo. Minha mãe estava dormindo; um sono profundo me chegava do andar de cima, por causa do silêncio. O sossego às vezes é tão cansativo quanto o barulho. Repouso estável, ritmo equilibrado, interrompido apenas pelo som da minha respiração e pelo som do profundo sono da minha mãe. Olho por trás do vidro da janela para o outro lado da rua. As pessoas passam com uma calmaria irritante, aliás aterrorizante. Mal dá para ouvir a fricção dos seus passos; como se seus pés, ao desfilar na frente das casas e das janelas, se confundissem com as lajotas das calçadas. Além disso, elas não ficam curiosas, não bisbilhotam nem invadem as casas com uma espiada. Eu as observo, e meus olhos não as deixam até que desaparecem depois da esquina de uma das duas ruas que consigo ver. Em Damasco, as dezenas de paredes e cortinas grossas são incapazes de proteger a gente da rua. Em Damasco, as ruas, os passantes e os funcionários das lojas são uma extensão da casa e até mesmo do quarto. Aqui, basta fechar a porta da casa para nos escondermos num isolamento profundo e perene. Eu amo as metrópoles, o barulho e o congestionamento. Lembro-me de como fiquei surpresa quando soube que o custo do aluguel das casas com vista para as ruas públicas daqui é bem mais baixo do que o das retiradas nos becos dos fundos. Inquilinos e proprietários preferem se esconder no silêncio, longe dos olhos, das buzinas, dos bares e dos cafés. Eu sonho em morar numa casa com vista para um café ou bar, ou para uma avenida larga sempre atravessada por ônibus e carros. Minha mãe e eu não encontramos uma casa adequada com vista para uma rua movimentada. São todas casas pequenas, com paredes corroídas, deixadas para serem ocupadas pelo tempo, pelos empregados dos cafés, dos bares, dos motoristas de ônibus e de outros inquilinos. O fato de as casas com vista para as ruas largas e lotadas estarem cheias de barulho que vêm de todas as direções faz com que não haja surpresas nem ansiedade. Todas as casas que alugamos nesta cidade ficavam nos fundos, em becos onde o sossego faz questão de habitar. Raramente ouvimos um motor de carro rosnando, por exemplo, ou os passos de uma mulher usando sapatos de salto alto e bico fino. Era raro que esses becos fossem atravessados por ruídos incomuns, como se fosse uma regra. Nas ruas principais, onde havia cafés, restaurantes e bibliotecas, cheguei a encontrar acidentalmente gente da vizinhança, famílias, crianças e adolescentes. A gente se cumprimentava e eu notava suas vozes altas e seus passos precedidos por ruídos parecidos com os chocalhos que anunciavam a Chaghaf. Mas, assim que eles viravam à direita, para entrar na rua que levava à nossa viela estreita, as vozes diminuíam e depois desapareciam completamente — como alguém que prende a respiração antes de mergulhar em águas profundas. Essa calmaria exagerada me deixa tensa. Qualquer movimento lá fora passa a ser suspeito. Vejo um policial andando, olhando os carros estacionados em ambos os lados do beco, e fico com medo. A tranquilidade frágil só retorna à minha alma quando ele desaparece completamente. Tenho medo de ser o alvo da sua visita à nossa ruela tranquila. Não me livrei dessa sensação exaustiva de ser perseguida. Toda vez que vejo um policial, ou um homem saindo da sua camionete ou de um carro grande, ou alguém de uniforme, a ansiedade corre em minhas veias e meu peito fica apertado. Fixo o olhar no vidro da janela da sala com vista para a rua e não pisco até que eles desapareçam por completo; só então movo o olhar, e uma palpitação de alívio me varre — aquela sensação de quem acabou de se salvar.

UMA NOITE, DECIDIMOS IR AO FELUKA, um restaurante pequeno e retangular, com um chão de madeira irregular e vista direta para o mar. Como de costume, ela pediu um *araq* puro, sem água nem gelo. Eu pedi uma taça de vinho branco. Levei um tempo para me lembrar. Recordei nossos encontros nesta pequena cidade e achei que esse seria como todos os encontros e passeios anteriores. Nada de novo. Não se passaram nem três meses. Mas a Chaghaf sabotou minha tentativa ansiosa de esquecer e de ser indiferente. Não dava, não com a sua cabeça raspada, de onde haviam caído todos os fios de cabelo coloridos e densos, nem com o seu corpo magro e a sua palidez. Todos esses detalhes poderiam não significar nada. Todos eles poderiam ser escolhas pessoais, não necessariamente resultantes da quimioterapia que abriu os poros da sua cabeça fazendo-a perder todos os fios de cabelo. A audácia da Chaghaf poderia tê-la levado a se livrar de todo o cabelo, só para variar. A magreza, também, podia ter sido uma escolha! Tudo isso eram detalhes insignificantes, que não mexeriam com a minha tranquilidade nem com a minha estabilidade no não tempo. Só que o caminho até o Feluka foi pesado e o tempo não me deu a chance de sentir aos poucos. Despencou de uma só vez sobre a minha alma e o meu corpo. Uma longa escadaria separava o estacionamento, onde descemos do táxi, do café. Tínhamos que descer as escadas, a Chaghaf e eu, muito lentamente, degrau por degrau.

A mão dela segurava meu ombro direito, ela se apoiava em mim, não tinha mais a habilidade de voar feito borboleta. No entanto, aquela fraqueza que se estendia entre nossos olhares desapareceu assim que nos sentamos, uma de frente para a outra. O tempo voltou a esse ponto, onde nada podia perturbar nosso encontro. Suas feições recuperaram o esplendor de outra época, e os olhos, aquele brilho juvenil e meigo. Ela deu um gole no *araq* puro e acendeu um cigarro com a mesma paixão; num segundo, voltou a ser a "dengosa" da família. Não falamos sobre a doença. Não tínhamos tempo para falar sobre isso. Sabíamos que não tínhamos tempo? Embarcamos numa memória antiga que eu desconhecia, semelhante àquela em que minha mãe me coloca e fico confusa entre o que vivi e o que ouvi dizer! Pela primeira vez, a Chaghaf demorou relembrando o passado. Geralmente, nossas conversas favoritas giravam em torno de hoje e de ontem, sobre o que cada uma de nós vivia separadamente. Ela me falava de um amor que retornara e eu lhe contava de um que se perdera para sempre. Quando falávamos sobre "toda a família", as conversas giravam em torno de episódios atuais e presentes, com seus detalhes engraçados ou dolorosos. Apenas nesse encontro, que durou até a meia-noite, atravessamos para o passado. Ela recordou a infância e a grande quantia de dinheiro que a minha tia Marianne perdeu após a morte do marido, de quem eu gostava sem nunca ter conhecido. Contou-me que o pai dela tinha muitas empresas lucrativas e que a minha tia herdou tudo depois que ele partiu. Ela viveu rica por alguns anos, mas a riqueza se dissipou por negligência e pela falta de conhecimento para gerenciar os negócios. Ficamos imaginando que se tal riqueza não tivesse sido perdida e se a minha tia a tivesse investido, teríamos hoje, todas nós, uma vida bem diferente. Eu disse a ela que queria fazer um filme sobre a Marianne. Sobre a farsa leve na qual vivemos ao longo de todos esses anos. Rimos muito, indo às lagrimas, quando lembramos daquela personalidade rigorosa, aterrorizante. Minha tia Marianne, a cristã, a conservadora, resoluta e dura, que nos ensinou que somos almas sem corpos. "Uma mulher é uma alma que não tem corpo. A mulher ama com a sua alma, não com o seu corpo." Para ela, o corpo só está presente, quando temos consciência dele. Quando, por exemplo, ao perceber que já passava das sete horas e a Chaghaf e a Ninar ainda não tinham voltado para casa, ela pegava o rolo de massa para lhes dar umas pancadas por terem demorado tanto. Fora isso, o corpo se apresentava embaixo das roupas elegantes. Minha tia foi muito cuidadosa com a aparência. Ela gostava de mim e dizia que eu me parecia com ela. Dizia que éramos as únicas elegantes em "toda a família", sendo as outras mulheres (minha mãe, Chaghaf, Ninar e Yasmina) umas desleixadas, sem o gosto e sem a elegância que tínhamos, ela e eu. Contei a Chaghaf como cresci pensando que a minha tia pertencia à dinastia de "Nossa Senhora" e como me esqueci de que ela, um dia, tinha sido casada. Como a Nossa Senhora, minha tia Marianne teria dado à luz suas duas filhas sem casamento. Era isso que eu pensava! Até que, um dia, eu estava sentada num café com vista para um jardim circular arborizado, na área de Abu-Rummana, e avistei um amigo do meu pai e fui me sentar com ele. Ele estava lendo um roteiro de um filme que estava prestes a ser produzido. Seus sessenta anos não o fizeram perder a beleza nem o tom alto da risada. Fumante voraz, olhou para mim por trás da nuvem de fumaça e me contou a história do filme, enquanto reclamava da situação do país, que suprimia as liberdades, e falava da estagnação que estávamos vivendo, com o entusiasmo de quem fala de uma revolução, e não do marasmo e da sobrevivência. Ele tinha uma energia formidável, que superava as horas do dia e da noite juntas. De repente, ele me perguntou sobre a minha tia Marianne. Fiquei surpresa, espantada. Como poderia conhecer a minha tia Marianne, a cristã, a conservadora, que mal saía da sua casa cheia de ícones, de imagens da Virgem e de Cristo, de velas e das nossas fotos? Minha tia, que eu não conseguia imaginar casada, e que tinha dado à luz suas duas filhas numa caverna. Minha tia, que esteve ocupada todos os anos da sua vida nos criando, uma a uma. "Você conhece a Marianne?", perguntei, desconfiada. Ele riu de novo. Arredondou os lábios e soprou a fumaça com determinação; levantou a mão até o nível do rosto, afastou um punhado de ar estacionado à sua frente, com um gesto que expressava uma história antiga ou um tempo ido, e disse: "Ah... Claro que eu a conheço". E se calou.

MINHA TIA MARIANNE CRESCEU carregando apenas seu primeiro nome, sem o segundo, seu sobrenome, o sobrenome do pai que desapareceu e ninguém mais soube dele. Não me lembro de quando a pergunta brotou na minha mente! Por que a minha tia tem um sobrenome diferente do da irmã, da minha mãe? Eu sabia que eram de pais diferentes. Mas que o sobrenome da Marianne não era do pai dela eu só soube mais tarde. Sorte a dela! Viveu sem o nome da família e das suas amarras. É só pensar que o cadastro de pessoas físicas — onde existimos no papel e sem o qual nem sequer podemos pensar em respirar — é chamado de *qayd annufus*, literalmente "restrição das almas". Sim. Nomes de família e filiação são amarras. Frase assustadora! Esse enorme, corroído e prensado arquivo nos registros civis do Estado é uma restrição da alma e de seu frágil, e muitas vezes exaustivo, pertencimento a uma família ou a um lugar. Minha tia teve sorte. Viveu aliviada do peso da família, do pertencimento e da questão das identidades sufocantes. Ela só pertencia à sua fé. Ela não passou uma única Sexta-Feira da Paixão sem me ligar. E nunca houve nenhuma Sexta-Feira da Paixão, desde que me conheço por gente, sem chuvas fortes, apesar do clima ameno. Sua voz, radiante e afável, me chegava pelo telefone: "Está vendo, filha? Deus é cristão ortodoxo!". Eu a chamava de "mamãe" desde criança. Há coisas ocultas na nossa família, coisas que aboliram os limites das relações e suavizaram a severidade dos títulos. Eu chamava minha tia de "mamãe", minha tia chamava a mãe dela de "minha irmã". Teriam sido essa leveza e a tendência a abandonar as tradições de pertencimento, identidade e família que fizeram com que a minha tia achasse que somos diferentes do resto da família? Minha tia nasceu no vilarejo de Alharbiyat ou Dafne, perto de Antioquia, de mãe cristã, dos árabes da Turquia, chamada Helena, e pai armênio, sem nome, que desapareceu durante o *seferberlik*.* Partiu com o seu segredo. Perdeu-se por lá, e a sua história se diluiu. Seu nome desapareceu da memória da vó Helena e da memória da sua mãe, Hanne, cujo título de "Mamãe Grande" foi perpetuado por gerações. Alta, esguia, rosto retangular, cabelo sempre amarrado atrás, o que alongava ainda mais seu rosto. Nos olhos, um brilho delicado que só existe nas crianças. Cresci pensando que a conhecia. Eu a amava, sentia falta dela e de falar com ela. Até que descobri que tinha morrido antes de eu nascer. Acho que a minha mãe não tinha nem dez anos quando perdeu a avó, a "Mamãe Grande". Minha mãe fala do passado como quem fala de hoje ou de ontem. Ela se lembra dos seus velhos sentimentos com o mesmo calor e frescor, a ponto de fazer o tempo se perder com ela e de confundir quem a estiver escutando. Será que ela quer confundir? Será que tem a intenção de mexer com o tempo, rodá-lo e redesenhá-lo? Será que a minha mãe tem vontade de viver em outra época, obcecada por inventar outros tempos, recortes de memórias e pessoas que passaram pela sua vida e

---

* Em turco significa, literalmente, "mobilização". Refere-se aqui ao chamado para o alistamento obrigatório realizado pelo Império Turco-Otomano à época da Guerra dos Bálcãs (1913) e, em seguida, da Primeira Guerra Mundial (1914-1918). (Todas as notas ao longo do texto são da tradutora.)

que ela reorganiza, criando um tempo de acordo com o seu desejo? Se ela se limitasse a guardá-lo para si, ficaria perturbada com a sensação de ele ser um tempo imaginado ou falso, por isso ela precisa de testemunhas para acompanhá-la àquele lugar, sentir com ela, perder-se com ela, confundir-se a ponto de a imaginação se tornar realidade, uma realidade na qual minha mãe acredita. E eu não acredito que não cheguei a conhecer a "Mamãe Grande", que nunca a encontrei. Não perguntei à minha mãe o que, de repente, a empurrou para um momento real, escapando da imaginação. Não custava nada ela ter acompanhado a minha imaginação, aceitando que eu tinha conhecido Hanne!

A INVENÇÃO DESSE TEMPO PERDIDO protegeu minha mãe da velhice. Ela o inventou e ele habitou a sua alma, infiltrou-se nos poros do seu rosto e do seu corpo, esticou sua pele, conferiu ao branco dos seus olhos um tom rosado, suave. Aquele tempo a manteve jovem, mas desenhou, no meu rosto, muitas rugas precoces e, nos meus ombros, um arqueamento visível. É como se eu pegasse emprestados, por engano, a idade e o tempo da minha mãe. Sempre sonhei em pegar emprestadas dela outras coisas, a tranquilidade, por exemplo, mas minhas tentativas tropeçaram. Quando o câncer desapareceu de repente do corpo do meu pai, minha mãe lhe perguntou com seu tom risonho e sua voz infantil: "Onde está o câncer, querido?". "Sua tranquilidade o levou", ele respondeu. Sim, simplesmente. Eu não consegui tomar emprestada uma gota sequer da sua tranquilidade. Minha mãe, que não envelheceu, brilhou não só atuando, mas também jogando. Ela jogava com nosso olhar para ela. Fazia-me acreditar que era ela quem precisava se sentir tranquila e eu não sabia como lhe oferecer tranquilidade. Ainda estou presa àquele momento, sentada na cama deles, olhando-a chorar a morte da vó Helena, sem conseguir enxugar suas lágrimas nem abraçá-la.

Estávamos sentadas uma de frente para a outra, como sempre. A câmera estava ao meu lado, documentando o momento e compartilhando comigo o ato de escutar. Às vezes, eu imaginava a câmera virando seu olho grande para mim, movendo o olhar entre mim e a minha mãe, pois eu também precisava desse olho, separado de nós. Não só precisava dele para documentar o que a minha mãe contava e dividir comigo o peso da história, mas também para documentar o reflexo da história nos meus olhos, seus passos no meu rosto, nas rugas que, uma por uma, abriam caminho nele. Minha mãe, que não envelheceu, derramava lágrimas dos seus generosos olhos naquela noite. Ela sentiu falta da avó, "Mamãe Grande". Como pode uma mulher de setenta e dois anos sentir falta da avó? As palavras saíam da sua boca tropeçando nas lágrimas, me alcançando intermitentes, amputadas. Ela disse que era mais velha que a "Mamãe Grande", que partiu aos sessenta e três anos. Minha mãe nunca havia chorado ao lembrar da sua avó Hanne. Hoje ela chora, porque ficou mais velha do que ela. É como se estivessem trocando os papéis. Elas estavam sozinhas na casa espaçosa da sua família, e era inverno. Seus pais viajaram para a Turquia para passar o Natal com os parentes da mãe Helena. Minha mãe, que ainda não tinha oito anos, ficou com a vó Hanne na casa de Damasco, no bairro Alafif. A vó Hanne preparou *halawet Issa*, para celebrarem a véspera de Natal juntas, e sugeriu à minha mãe que se deitassem no chão da sala e assistissem à TV. Meu avô fora o primeiro a comprar uma televisão no bairro deles. Todas as noites, as mulheres da vizinhança se reuniam naquele salão com olhos maravilhados e pasmadas diante daquela invenção. As mulheres chegavam a ajeitar o véu depressa na cabeça, assim que o repórter aparecia para ler as notícias. Elas se deitaram no chão perto da lareira e se cobriram com uma colcha de lã grossa. Minha mãe mordia a *halawet Issa* com seus dentes pequenos e alinhados, e a vó Hanne a observava enquanto todo o amor do mundo se reunia em seus olhos. Fairuz cantava: "Sua casa, vovozinha, lembra a casa da minha avó", e a "Mamãe Grande" disse à neta: "Você vai se lembrar de mim quando escutar essa canção depois que eu morrer". Minha mãe chorou quando contou essa passagem. Peguei os olhos dela emprestados naquela noite e vi as duas lá naquela sala espaçosa, da qual me lembro, apesar de estreita. Fiquei confusa de novo. É como se eu, ao pegar emprestados o tempo da minha mãe, suas rugas e sua velhice, também tomasse emprestada a história e fugisse desta para aquela sala. Ela disse que se lembrava da avó toda vez que ouvia a música da Fairuz. E eu pensei que talvez ela nunca ouvisse de fato aquela música, que ela a cantava na imaginação, se lembrava da avó e chorava. Sempre que precisava chorar, ela cantava aquela canção. Eu podia ouvir a minha mãe mastigando o doce entre os dentes enquanto contava sobre aquela noite. A vó Hanne preparava a *halawet* com farinha torrada, água e açúcar, amassava entre as palmas da mão, fazia bolinhos e depois assava. Antes de dormir, ela recitou para a neta um poema popular que costumava declamar. Minha mãe memorizou seus poucos versos:

O pescoço parece
O de uma jarra de prata
Se o levar ao ourives
Com certeza vai pintar
Os cílios tão compridos
E é divino o olhar

A TIA MARIANNE NÃO SÓ PERDEU O PAI, como perdeu o nome dele.

A "Mamãe Grande" era casada com um homem armênio. A vogal final do nome os distinguia: ela, Hanne, ele, Hanna. Seu único retrato, jogado entre centenas de fotografias, tinha as bordas corroídas. Ele estava sentado ao lado da "Mamãe Grande", seus corpos se tocavam; talvez as técnicas do estúdio de fotografia daquela época, onde tiraram a foto, não oferecesse um espaço maior. Assim, apesar dos corpos colados, uma tremenda distância, visível no olhar distante de Hanne, os separava. Hanna olha para a lente da câmera com um olhar alerta, como se olhasse nos olhos do seu oponente, pronto para atacá-lo a qualquer momento. Feições duras, lábios bem cerrados, como quem segura a possibilidade de um sorriso, sorriso que ele retém na frente dos dentes apertados com receio de deixar escapar. Eu sabia que ela não o amava. Ainda me surpreende o fato de eu não ter ficado sabendo disso durante nossos encontros de família, mas sim pelo que a minha mãe contava. Perguntei a ela, que mal se lembrava do avô Hanna, se ele trabalhava. Ela inclinou a cabeça para a esquerda, levantou as sobrancelhas, sorriu com certa ironia e respondeu: "Claro que trabalhava!". Depois explodiu numa risada. Hanna tinha um alvo, que carregava com ele nos becos de Alqchala, na velha Damasco, e em torno do qual os nascidos no bairro, jovens e homens, se reuniam para atirar.

No verão, ele vendia *dandarma* (suco de limão gelado). Eu não sei por que se escreve essa palavra com um "d/د" simples, mas se pronuncia com tanta ênfase, como se fosse escrita com "dâd/ض". A "Mamãe Grande" recomendou à família que, quando morresse, não fosse enterrada com o marido. Não queria ficar colada nele no túmulo como estava naquela foto de enquadramento estreito. Como se expressar tédio ou ódio, naquela época, só fosse admissível quando se falava da outra vida! Na verdade, a "Mamãe Grande" partiu num dia de verão e foi enterrada sozinha no cemitério cristão de Bab-Charqi. Durante a preparação para a viagem derradeira, eles removeram a sua dentadura, que a minha mãe ainda guarda entre seus pertences em Damasco. Disse que queria guardar uma lembrança da avó, que essa dentadura era apenas uma recordação. Habitou a boca da sua avó por muitos anos, participando da formação do seu belo e carinhoso sorriso e, o mais importante, da recitação daquele poema curto gravado na memória da minha mãe como oração. Não perguntei à minha mãe se a dentadura chegou a recitar aquelas palavras depois da partida da "Mamãe Grande", porque tinha certeza de que ela diria que sim; então tive receio de perguntar. Um ano após Hanne partir, Hanna teve cirrose e inflamação renal, viciado que era em *araq*. Vó Helena o levou para o hospital francês; ele começou um período de tratamento, que poderia ter durado meses e possivelmente anos, mas minha mãe pôs fim ao seu sofrimento. Ela o visitou na manhã de sexta-feira. Ela tinha catorze anos. Ele lhe pediu que atravessasse a rua e comprasse uma garrafinha de *araq* na pequena loja com vista para o hospital. "Morreu no dia seguinte", disse a minha mãe com um sorriso maroto nos lábios. Foi enterrado numa cova separada.

MINHA TIA MARIANNE NÃO ESTAVA em Damasco quando o marido da sua avó, o homem sexagenário, de traços toscos, o homem que lhe deu o sobrenome, morreu. Minha avó Helena estava grávida de Marianne, quando perdeu o marido na *seferberlik* — época dura, aquela da convocação geral. Era morte, expulsão e êxodo. Muitos fatos que conectavam os eventos se esvaneceram. Como se aquela época tivesse furtado do tempo uma parte... e a história de muitos se perdeu. Há um detalhe básico, roubado da história da minha tia. Vó Helena deu à luz na vila de Alharbiyat. O marido tinha partido meses antes, e desaparecera como muitos. Ela ficou sozinha e fragilizada. Guerras são um teste severo para a natureza humana, para seus complexos psicológicos, para sua dureza, sua fragilidade ou sua sujeição. Minha vó, firme e forte, dona do olhar penetrante, apesar da dose de ternura que dele flui, entrou em colapso depois que deu à luz minha tia. Entregou-a à mãe dela, Hanne, e a seu marido. Pediu-lhes que cuidassem do bebê. Por uma razão desconhecida, ela pediu ao padrasto Hanna que desse à menina seu sobrenome, e assim ela se tornou sua "filha". Talvez a vó Helena tenha entrado em pânico, achando que a família do marido, cuja história se perdeu, levaria a menina. No entanto, a história desse homem foi deliberadamente perdida. É como se a vovó decidisse apagá-lo completamente após seu desaparecimento. "Mamãe Grande" criou a neta Marianne até os dez anos de idade.

Moravam em Iskenderona. Do primeiro marido da minha avó, nada sobrou além de Marianne, que não se parecia nem um pouco com a mãe; ao contrário da vovó, Marianne era alta e encorpada, sua altivez escorria pelo corpo tenso, tinha ombros largos e a cabeça sempre erguida. O nariz era longo e fino e os lábios, rosados e cheios. Tinha olhos puxados, escuros, atraentes. Seu cabelo escuro era farto e deixava a pele leitosa ainda mais branca. Marianne também, como minha mãe, permaneceu presa a um determinado tempo, escolhido por ela. Nunca usou jeans na vida. Até os oitenta anos, ela não tinha, por exemplo, calçado um tênis. Seu guarda-roupa era cheio de vestidos longos, que cobriam os joelhos, para além das combinações coloridas, com cautela excessiva. Só usava calçados pontiagudos e salto alto. Lembro-me dos seus pezinhos, que não combinavam com a altura dela. Acho que ela devia se parecer muito com o pai. Minha mãe também não herdou as feições da minha avó. Olho as suas fotos de vez em quando. Fujo para aquela bela época, como minha mãe a chamava. Toda vez que abro o baú de madeira, eu me espanto. Olhando para as fotos da minha mãe e da tia Marianne, não tenho a sensação de um tempo longo e difícil; mas sinto que ele passa devagar, pesado, quando olho nossas fotografias — Chaghaf, Ninar, Yasmina e eu. É como se tivéssemos crescido isoladas do tempo, ultrapassado minha mãe e a tia Marianne e nos afastado delas e envelhecido sozinhas enquanto as duas irmãs congelaram o tempo. Trancaram-no numa daquelas muitas fotos. Marianne em seus vestidos, ao mesmo tempo modestos e sensuais, e minha mãe com as suas saias curtas, que mostravam as pernas torneadas, desenhadas com precisão; seu sorriso sedutor escapava por entre os lábios minúsculos, porém carnudos, e o tumulto dos seus olhos grandes tragava o tempo. No entanto, cada uma delas tinha sua própria maneira de congelar o tempo. Marianne o congelou no seu corpo, nos vestidos, nos sapatos, nas costas eretas, na cabeça erguida e no sorriso incompleto. O charme de Marianne estava no seu sorriso imperfeito, que deixava brincar entre os lábios. Ora o entregava, ora o segurava, ora escapava por engano, mas ela o agarrava de volta. Minha mãe congelou o tempo na alma, na memória presa ali, recusando-se a sair, e nos seus olhos marotos; mas ele se movia veloz na sua aparência. Numa fotografia, seu cabelo tocava a parte inferior das costas; em outra, seu comprimento era de apenas dez centímetros. Saias curtas, shorts, alguns jeans apertados, outros largos (Charleston). Vestidos, conjuntos, alguns sapatos altos, outros baixos e esportivos. Na maioria dessas fotos, "o *kohl* dos seus olhos era divino".

O TEMPO PASSOU RAPIDAMENTE. Se pudéssemos congelá-lo naquele momento... No entanto, pertencemos à segunda e à terceira geração e nunca nos destacamos como fizeram minha mãe e minha tia. Eu olho nos olhos da Chaghaf, suas pálpebras levemente relaxadas pelo efeito do *araq* puro. Ligamos para a tia Marianne, a arrancamos do seu cochilo e contamos que saíamos de noite pelas suas costas. "Deus amaldiçoe sua honra!", proferiu sua frase famosa com aquela entonação amável de sempre. Sua voz, vindo da sua casa em Damasco, recuperou a tranquilidade. Ela sempre perguntava se a gente continuava em contato. Toda vez que eu ligava de Beirute, ela me interrogava: "Tem falado com a Ninar, filha? Como ela está? Bem? E a Chaghaf?". Perguntar da Ninar sempre me fazia rir, porque a maneira de perguntar sugeria que meses tinham se passado sem que as duas se falassem. Todas as garantias que a Ninar dava de estar bem não a convenciam, eram incompletas como o sorriso da minha tia e só se completavam se ela as recebesse de nós, e mesmo assim não sei se a convenciam. Parecia que ela preferia a Ninar à Chaghaf! Acontece de uma mãe amar uma filha mais do que a outra. Então ligamos para a Ninar, que já não chamava mais a Chaghaf pelo nome, mas dizia "minha irmã". É como se a doença nos despisse do nome, mantendo apenas o parentesco. Olho para a Chaghaf que se tornou um punhado de ossos cobertos por uma fina camada de pele. Ela estava usando a minha larga saia turquesa e uma blusa azul-celeste. Tanto azul não escondia a sua palidez! Aliás, acentuava as olheiras escuras ao redor de olhos descobertos, tanto quanto a doença, que não mais contavam com a sombra dos cílios, que caíram e deixaram para os olhos uma área maior. Decidimos voltar para casa.

Subimos as longas escadas nos apoiando uma na outra: ela, em mim com seu corpo magro e fraco, e eu, na sua sombra, com minha alma cansada, minha preocupação e meu medo. Medo de que aquele dia estivesse próximo. O dia em que teria que sentir mais do que podia suportar. Aquele instante, o instante de subir a escada pertencia àquele lugar solitário com vista para a beira do sentimento. Chegamos, sem fôlego, ao fim da longa escadaria. Ela tentava retomar a respiração num corpo cansado e magro, e minha alma clamava por ajuda na tentativa de restaurar o equilíbrio. Aquele retorno ao passado me deixou exausta, não o retorno em si, mas a necessidade da Chaghaf de recuperar essa parte escondida na memória, de revelar o que nunca disse antes, de se refugiar do futuro no passado. Falar sobre ele em detalhes nos levava de volta a ele! Ela queria voltar ao passado. Não lhe perguntei se voltar mudaria alguma coisa. Pergunta tola. Se tivéssemos a possibilidade de voltar ao passado, certamente mudaríamos uma parte dele, talvez todo ele, de uma vez só. Paramos no amplo estacionamento para esperar um táxi e voltar para a minha mãe. Ela tirou um cigarro da sua bolsa de couro marrom, acendeu-o com o auxílio das minhas mãos em torno do isqueiro, olhou-me nos olhos e disse: "Te amo".

CHEGAMOS ÀQUELA COLINA que me apavorava quando eu era criança. O motorista desceu a ladeira, mas dessa vez não virou à esquerda para pegar a rua para a casa da minha tia Marianne e da antiga casa da Chaghaf, continuou descendo até chegar a uma rua estreita e de mão dupla, na qual os carros andavam bem devagar com medo de bater. A rua era ladeada à direita por ciprestes frondosos que pendiam sobre nós. O motorista virou à esquerda numa subida íngreme; o esforço do motor fez o carro vacilar e rosnar, mas meu coração não rosnou com ele como antigamente. Então adentramos umas ruelas muito estreitas pelas quais o carro mal conseguia passar; viramos à direita, à esquerda e à direita de novo, até chegar a um beco sem saída. Eu saltei do carro. Fiquei observando as portas das casas velhas espalhadas desordenadamente, próximas umas das outras. Encontrei a porta de ferro azul da qual a Chaghaf tinha falado. Bati. Escutei passos se aproximando e a imaginei chegando perto da porta com seu corpinho, usando uma blusa larga de mangas curtas, cobrindo apenas a bunda e deixando à vista suas pernas simétricas; imaginei os dedos da sua mão direita mexendo no cabelo curto com preguiça. Ela me recebeu exatamente como eu imaginei. Fechou a porta lentamente e caminhou na minha frente para me mostrar o caminho até o seu quarto. Cruzamos o pequeno saguão e chegamos à porta de um dos cinco quartos distribuídos ao redor do espaço circular. Era um quarto muito pequeno, com uma cama, um sofá e uma mesa baixa sobre a qual havia um cinzeiro transbordando de guimbas e uma caneca de café com pó seco no fundo e nas bordas. Sentei-me no sofá e ela foi para a cozinha coletiva para fazer café. Mas, antes, ela me perguntou se a minha língua havia escorregado e se a minha mãe ou a dela ficaram sabendo onde ela estava morando. Fiz que não com a cabeça. Ela tinha deixado a casa do marido, onde costumávamos nos encontrar quase todas as sextas-feiras, e alugado aquele quarto. Eu era a pessoa mais próxima dela naquele momento. Nós não tínhamos uma memória em comum, como eu tinha com a minha mãe, a tia Marianne, a Ninar ou a Yasmina; no entanto, pertencíamos à mesma memória. Naquela época, eu sabia dela apenas o que ela queria que eu soubesse. Não testemunhei seus quarenta anos nem acatei o julgamento dos outros. Eu a escutava muito e me sensibilizava com a sua história. Ela precisava de compaixão, mesmo quando não cabia. A tia Marianne não se comovia. Ela não aceitava nada do que estava acontecendo, como se "toda a família" tivesse escorregado por entre os dedos e ela não pudesse mais controlar. Minha mãe também não estava satisfeita. Era exemplar num nível estafante. Para ela, só havia certo ou errado, mas as duas compartilhavam um sentimento de culpa. A Ninar também não estava satisfeita. Não admitia que era possível se deprimir a qualquer momento e considerava a depressão um luxo ao qual éramos arrastados por nosso sentimento de vazio, de desamparo e de falência; até ela também ficar deprimida, anos mais tarde. Quanto a mim, eu demonstrava a Chaghaf aprovação completa por tudo que ela vivia e por tudo que cometia. Eu a escutava sem ter no meu olhar nenhum brilho de repreensão ou censura. Eu era para ela como a câmera que comprei, tempos antes, para me ajudar a encarar a minha mãe e a escutá-la falar, calar ou se distrair. É preciso muito esforço para que se possa escutar o silêncio. A Chaghaf precisava daquele momento em que eu me dispusesse a escutar o silêncio dela, na mesma forma e medida que suas palavras e confissões. As pessoas costumam temer o silêncio; incapazes de suportá-lo, elas o preenchem com conversas e algazarras. Calam-se apenas durante o sono ou quando morrem. A Chaghaf só aproveitou a vida nos últimos anos. Sempre se queixava e adoecia com facilidade. Se a enxaqueca a abandonava, vinha a irritação intestinal, trazendo suas dores fortes, e quando se livrava dela com uma quantidade enorme de analgésico, que engolia feito bombons, a úlcera estomacal começava a reclamar. Mesmo quando estava livre de todas essas dores e cólicas, permanecia num estado de fraqueza e sonolência! Eu tinha quinze anos quando minha mãe me mandou para a casa da Chaghaf. Seu marido estava ocupado dirigindo um novo trabalho na TV e por isso se ausentava a maior parte do dia, e às vezes à noite. Enquanto isso a Chaghaf estava "enferma" e precisando de cuidados. Morei na casa deles por alguns meses, bem no início das férias de verão. A gente se via raramente. Eu a encontrava na cozinha na companhia do bule de café e dos cigarros às seis e meia da manhã. Ela preparava para mim um delicioso café da manhã e sorria ao me ver comer com apetite. Então ela desaparecia no quarto o dia todo. Acordava novamente às seis ou sete da noite. Ficava comigo um pouco, depois voltava para o quarto. A minha tia não estava satisfeita, nem a minha mãe, nem a Ninar, e, claro, nem a Yasmina. Cada uma delas tinha suas próprias razões e evidências de que a Chaghaf alegava, procurava ou inventava a doença por meio da qual expressava o seu vazio e o seu esgotamento; mas eu estava convencida de que ela estava de fato doente, e admitir isso talvez fosse reconfortante. Ela me chamava, às vezes, com uma voz meiga, que nenhuma doença ou indisposição conseguia tirar dela, para pedir um Lexotan.

Eu tinha prometido à minha mãe e à tia Marianne que não lhe daria nenhum calmante e que tentaria pegá-los da sua gaveta e escondê-los. Mas eu lhe dava os calmantes, sabendo quanto ela precisava deles; também por receio de ela perder a confiança em mim e parar de me falar o que pensava e o que sentia. Eu ainda não compreendo minha necessidade de escutar tantas histórias complexas tiradas daquela memória lotada e cansativa. No entanto, uma vez, abri todas as pílulas sedativas enquanto ela dormia, retirei o pó branco e fino e as fechei de novo. Foi quando me tornei mais generosa: ela pedia duas pílulas, eu lhe dava três ou quatro e ela dormia! E não tinha nada a ver com o efeito do remédio, simplesmente a Chaghaf não precisava dele, mas de alguém que lhe fornecesse um comprimido atrás do outro, como bombons, sem censura nem repressão!

Semanas se passaram, depois meses. Então, anos. Não era mais possível estender a licença médica que a Chaghaf havia pedido, certa manhã, por causa de uma severa crise de enxaqueca. Acabou sendo demitida e teve que arrumar suas poucas coisas e voltar para a casa da tia Marianne. Não pôde nem mesmo pagar o mísero aluguel daquele pequeno quarto secreto. E voltou para onde não queria voltar. Eu me perguntava como era possível uma mulher de quarenta anos não ter juntado um monte de coisas e tralhas para carregar de um lugar para outro. Ela não inventou aquele tempo que a minha mãe foi inventando aos poucos. Não precisava dele. Sim, foi uma decisão e uma opção não escavar sua memória particular, nos lugares onde morava. Talvez também porque para vasculhar a memória era preciso paciência — coisa que a Chaghaf nunca teve —, energia e independência. Aos dezoito anos casou-se, para tirar um pouco de responsabilidade das costas. Não aguentaria carregar sozinha o seu corpo e a sua alma.

Casou-se para ter quem lhe preparasse um café pela manhã e um ombro para apoiar sua cabeça cheia de pensamentos dispersos. Seu casamento não durou mais que três ou quatro anos, durante os quais deu à luz uma filha que era apenas um ano mais nova que eu. Ela então largou o marido em Moscou, onde estudavam, e voltou para onde não queria voltar: a casa da tia Marianne. Para ela, aquela casa era uma estação, uma parada no trânsito de um estágio para outro. Entre uma vida e outra. Viveu seus cinquenta anos valendo-se de outras vidas que não pertenciam a ela. Às vezes pegava emprestada a personagem de trabalhadora, outras vezes a de vítima. A dona de casa, a esposa, a amante, a contra tudo, até mesmo contra o ar que respirava. Uma personagem psicologicamente perturbada, cujas tentativas de cometer suicídio falhavam, todas. (Minha tia Marianne, numa mistura de brincadeira e seriedade, disse a ela após a última tentativa: "Se mata direitinho da próxima vez!".) Uma dama da sociedade, a jovem faceira, conseguia irritar todas as outras mulheres presentes. A "dengosa" da família se destacou em todas as vidas emprestadas. Vivia cada uma até o último minuto, dedicando-lhe um tempo que supera a ideia do empréstimo. Mas ela não nos dava tempo suficiente para absorver a transição de uma vida para outra. Dormíamos, acordávamos e encontrávamos outra Chaghaf. Uma noite era suficiente para ela caminhar com o seu pequeno corpo entre duas vidas. Ela não pegava emprestadas essas vidas para viver, lutar e experimentar, mas sim para falar delas, para ter uma história que defendesse sua existência, sua ansiedade e sua fragilidade. Entrou no seu local de trabalho, uma companhia petrolífera privada, carregando uma pilha de folhas impressas com um insulto escandaloso ao gerente e uma fita adesiva. Fixou as folhas ao longo dos corredores, nas salas dos funcionários e na porta da sala do gerente também. Depois ela se divertiu contando a história, a reação dos colegas e a do gerente em particular. Ficou surpresa por ele lhe dar apenas uma advertência! Disse: "É claro que vai redigir um ultimato. É cria do Baath...". Naquela manhã, a Chaghaf não cometeu esse "tolo" e inconsequente ato assim por nada! Ela precisava contar essa história. Ela escrevia histórias na sua mente e as executava para nos contar, sem se importar com a cara da tia Marianne, cuja mágoa escapava das feições com uma calma dolorosa. Ela levantava a sobrancelha esquerda, apertava os olhos, tensionava o canto esquerdo do lábio e balançava a cabeça, declarando seu desespero e incapacidade de controlar a filha. A Chaghaf tentava cometer suicídio para nos contar o que passava pela sua cabeça no momento em que tomava uma caixa inteira de sedativos. No início da manhã, ela ia para o local de votação — ela, que não suportava sair cedo —, olhava bem nos olhos do funcionário e escrevia: "Não". Eles a prendiam. Minha mãe recorria a um amigo psiquiatra. Ele passava um atestado médico, afirmando que a Chaghaf enlouquecera havia dois anos. Eles a soltavam. Como "toda a família", ela poderia se abster de declarar seu voto programado para ser apenas "sim". Mas ela queria nos contar a história do "não". Ela entrava num bar com amigos, avistava um velho conhecido com a namorada e começava a flertar com ele com os olhos, depois o abraçava e dançava com ele, fazendo com que o lugar, antes calmo, se transformasse num lugar barulhento, cheio de alvoroço, protestos e risos. No dia seguinte, ela nos contava como a namorada do amigo perdera a cabeça e começara a gritar e a xingar, abusando dos palavrões.

Como eu desejei, no caminho de volta do Feluka, que essa maldita doença fosse um empréstimo de outra vida!

VÓ HELENA TAMBÉM ENVELHECEU só com seu primeiro nome! Não sabemos qual era exatamente seu sobrenome. Minha mãe se perde nos meus olhos, aquela distração involuntária. Consigo me desvencilhar, escapo deles e olho para a câmera numa tentativa inútil de deslocar o olhar da minha mãe para ela. "Gozi. Acho que era Gozi o sobrenome dela..." Minha mãe diz essa frase com calma e em tom suspeito. Eu a invejei naquele momento. Ela teve pais amorosos e uma infância que cheirava a leite, mesmo sem saber o sobrenome da sua mãe. Ela crescera como a sua irmã Marianne, livre dos títulos, das identidades e das afiliações mortais. A vovó tinha provavelmente vinte anos. Nesta história, não há lugar para certezas. Todos os detalhes "talvez" tenham acontecido, não aconteceram "com certeza"; no entanto aconteceram, mesmo que talvez! Não sei como explicar isso. O tio da vó Helena era o Patriarca de Antioquia e de todo o Oriente, chamava-se Teodorus III. Ela recorreu a ele depois de ter dado à luz sua primeira filha, Marianne, e tê-la deixado aos cuidados da mãe. O tio ajudou-a a chegar ao norte da Síria, onde ficavam os centros de acolhimento aos sobreviventes. Incansavelmente, ela procurou por seu marido desaparecido. Não sei se foi "incansavelmente". No entanto, estou certa de que ela foi para o norte da Síria em busca do marido ou de algum rastro que levasse a ele. Eu a imagino descrevendo-o com grande precisão, atiçando a memória de sobreviventes cansados. Imagino-a também sem palavras, quando lhe perguntaram seu sobrenome. Ela sabia o nome do marido? Ou "matou-o" no momento em que o perdeu? Helena experimentou a amargura da perda muito cedo quando perdeu o pai. Foi cruel seu sentimento por ele a ter abandonado; mesmo sabendo que ele morreu por ter ficado doente; seja como for, ele acabou desistindo dela. A mágoa da perda alojou-se na sua alma e se assentou, tornando-se parte do tecido dos seus genes, e nos fez herdá-la. Todos nós vivíamos sem um pai, exceto a minha mãe, que perdeu o pai relativamente tarde; mas, com essa perda, ela começou a abrir caminho para as outras perdas. Ou talvez tenha sido o pai da minha avó, do qual não temos certeza do sobrenome, que levou embora todos os homens da família. Uma vez, meu pai disse, brincando, para a minha mãe: "Vocês são uma família que devora seus homens". O marido da "Mamãe Grande" partiu, e, antes dele, o pai dela, também muito cedo. Vó Helena perdeu o pai e o primeiro marido. A tia Marianne perdeu o pai e o marido. Minha mãe perdeu o pai e o marido etc. A terceira geração de mulheres perdeu apenas o pai, mas "devorou" o marido. Para a vovó, que viveu apenas com o seu primeiro nome, a perda foi sua fortaleza. É como se a partida do pai a forçasse a inventar a imagem desse homem na sua vida; e, sendo apenas uma imagem, a alma seria seu lugar. Seu pai era uma sombra que a acompanhava onde quer que ela estivesse, tornando-a mais resistente. Ela foi em busca do marido, vivo ou morto. Quis saber, mas não soube!

Ela conheceu um homem bonito e forte. Ficou fascinada com o sorriso dele, que transbordava dos lábios e se acumulava num dos cantos da boca. Ela lhe disse que era da região de Alharbiyat, que se chamava Helena e que o seu marido fora embora para sempre. Sua firmeza o encantou, assim como seu árabe mesclado com turco, que soou feito música no seu ouvido. Ele era de Damasco, de uma família conservadora, e se encantou com a Helena, que lhe roubou o juízo. "Meu nome é Josef", disse e lhe contou muitas histórias. Falava com ela sem olhar nos seus olhos. Desviava o olhar para a direita e para a esquerda e contava histórias interessantes. Helena chegou a pensar que ele falava consigo mesmo, ou que ela estivesse num sonho e aquele Josef não estava diante dela. Alguns meses depois, eles se casaram com a bênção do tio da Helena, e juntos mudaram-se para a região de Alafif, em Damasco. Lá, ela ficou sabendo que ele era Yussef, e não Josef, e que era muçulmano, e não cristão. Ela só chegou a conhecer a sua irmã mais nova, Badria. Toda a família cortou relações com ele (no caso do meu avô, a expressão "toda a família" cabe muito bem) por ter se casado com uma cristã, pararam de visitá-lo. Para Yussef ou Josef, Helena tornou-se "toda a família". Eles viveram na casa de Alafif até morrer.

MINHA MÃE NÃO SABE por onde iniciar a história. E eu fico perdida com aquelas cenas tiradas de outro tempo. Ela começou a fazer o mesmo jogo da Chaghaf, que recorreu ao passado naquela noite no Feluka, para se refugiar do que está vivendo agora e do que está por vir. Minha mãe também tem duas vidas. Nossa vida cotidiana e aquela memória entre cujos tempos ela saltita. Às vezes volta para sua infância, outras vezes quer que o tempo ande apenas três anos para trás, que volte para aquela casa onde morávamos em Beirute. É verdade que ela reclamava muito naquela época, mas "toda a família" ainda era capaz de escutá-la. Reclamava, ficava brava, às vezes chorava. Então, ela deseja que o tempo volte dois anos apenas, e depois um! Eu me sinto impotente. Como posso compensá-la por todo mundo? Penso em como vivemos vários personagens, nos compensando uns aos outros pela ausência de alguns. Mas eu, com este meu corpo rígido, só posso ouvir. Eu errei quando a tirei de Beirute. Eu não pensei... porque não penso, tenho medo de pensar no que me faz sentir mais do que posso. Juntei nossas coisas às pressas, com os olhos fechados e uma memória cansada. Arrastei-a para o avião mais próximo, sem que ela se desse conta. Não lhe dei tempo suficiente para pensar, protestar, argumentar e rejeitar. Eu sabia que esse tempo teria me dissuadido também. Eu não queria me dar aquele tempo lento que pudesse mudar todos os planos. Dei a ela uns poucos dias, o bastante para reunir o que coubesse de memória represada dentro de caixas de papelão. A casa inteira havia se transformado numa caixa de papelão, na qual jogávamos tudo o que queríamos e depois fechávamos com cuidado. Me cansava ver as caixas. Aquela confusão, aquela bagunça, me dava a sensação de estar em lugar nenhum. O carregador terminou de fechar a última caixa e começou a levá-las para o caminhão. Nossa memória estava partindo em caixas numeradas e com uma breve descrição do conteúdo. Como viajar sem memória? Chegaremos a Londres duas ou três semanas antes de ela chegar! Ter nossa memória viajando em caixas facilitou as coisas. Minha mãe parecia mais relaxada depois que as coisas foram arrancadas dela e enfiadas naquelas caixas. Ela passou nossa última semana em Beirute como uma sonâmbula, como se não entendesse bem o que eu estava planejando. Como poderia? Sua mente já tinha viajado com a minha até o porto de Beirute e embarcado numa viagem marítima que levaria semanas. Sim, sem perceber eu a tirei da sua tranquilidade porque, para mim, ela era toda a tranquilidade, e onde quer que nós estivéssemos aquela tranquilidade estaria conosco. Errei. E alguns erros são fatais, não adianta confessá-los. Eu a arranquei daquele lugar, atado a um caminho de retorno, um lugar onde nada atrapalharia o transbordar da sua memória. Eu a joguei aqui, onde não há um caminho de volta ao início, onde a memória é dolorosa, sem meios para recuperar nem mesmo um punhado do cheiro dela. Minha mãe olha para a câmera desta vez com a intenção de me poupar de ouvir o que eu já tinha ouvido tantas vezes; ou estaria ela recorrendo a outros, depois de perder a esperança comigo, eu, a incapaz de ajudar? Ela fala da saudade do seu armário. Sente falta do ranger da porta da direita, dos seus objetos cuidadosamente dispostos nas gavetas e nas prateleiras, exalando um perfume inebriante. Minha mãe é exímia em arrumar suas coisas. As roupas dobradas com precisão exagerada, igual ao seu rosto liso e esticado. Eu nunca pude chegar a esse nível de organização e de perfeição. Tentei muito, mas a arrumação requer uma paciência que eu não tenho. E parei de pensar no meu guarda-roupa e nas minhas coisas. Fiquei parecida com a Chaghaf: me movo com leveza, sem memória. Não quero me lembrar, nem de ontem — enquanto minha mãe sente falta do ranger da sua porta e diz que os seus olhos estão com saudade de olhar para aquele espaço cheio de tempos sucessivos. Ela se lembra da história de cada um dos seus objetos. Fica aterrorizada com a ideia de que o tempo parou naquele armário, que não vê uma única peça nova há seis anos ou mais! Se a minha mãe sente falta do armário, é porque sente falta do que está faltando na sua memória. A memória e a narrativa não se completam se ela não voltar àqueles objetos, não os olhar, não inalar seu perfume bem fundo. Ouço as palavras dela. Uma dor terrível aperta e espreme a minha alma. Se eu pudesse carregá-la até o seu quarto, até aquele pedaço de chão na frente do armário; se eu pudesse fazê-la ouvir a porta ranger, se abrindo, e o mundo inteiro se estendesse diante dos seus olhos, e aquele aroma alcançasse os poros da sua alma cansada... A saudade de mais doída é aquela que temos pelo que não existe mais. Como convencê-la de que, se eu pudesse levá-la para aquele quarto, ela não encontraria o que deseja encontrar? Aquele quarto não é um lugar isolado das paredes, das casas, dos becos e das ruas ao seu redor. Mãe! Você não vai encontrar a sua cidade como era antes. Repito essa frase muitas vezes, até se transformar num eco na minha cabeça. Repito, talvez para aliviar um forte sentimento de culpa e desamparo. Embora seja uma sentença correta, ela não me redime do erro. Errei e alguns erros são fatais, não adianta confessá-los, e sentir culpa não os torna mais suaves.

O despertador tocou às cinco da manhã. Tínhamos ido dormir às três, ou... não dormimos, talvez. Cada uma no seu quarto. Lembrei-me do dia em que o meu pai partiu. Também fomos para a cama dela às três da manhã... mas o despertador não tocou naquele dia. Acordamos às cinco, abrimos os olhos no mesmo momento, exatamente no mesmo instante. Saí da cama com lentidão. Não era a primeira vez que acordava a essa hora, entrava no banheiro, lavava meu rosto e olhava meus olhos no espelho. Fiz essa viagem muitas vezes antes. Na mesma hora, o mesmo táxi e o mesmo avião britânico me levando para Londres. Mas essa foi a última vez. Levantei-me da cama e não pensei no fato de ser a última vez, não queria pensar. Lavei meu rosto e olhei longamente nos meus olhos no espelho. Eu olhei para eles por mais tempo do que o normal. Era como se eu quisesse deixar um pouco dos meus olhos no espaço acima da pia. Na verdade, eu precisava deixar um pouco de mim. Deixamos a casa às seis. Nossos olhares não se encontraram durante aquela hora. Cada uma estava ocupada em juntar seus pedaços, suas coisas e seus sentimentos. Cada uma se debatia com o que lhe interessava daquela casa confortável na Clemenceau e com aquele vazio que um dia fora preenchido por elas, por seus barulhos de tons variados; vinham nos visitar e, durante alguns dias, voltávamos a ser "toda a família". Tranquei a porta e guardei a chave, como se a casa pertencesse a mim. Até deixei muitas coisas, móveis e roupas. Parte da alma deveria ficar lá, para haver um motivo para voltar e recuperá-la.

Só no avião, durante a decolagem, foi que nos olhamos. A imagem da minha mãe embaçada atrás das lágrimas, olhando para mim. Enxuguei meus olhos para enxergar os dela com clareza, para poder pegar deles um pouco de tranquilidade, mas não consegui. Seus olhos também estavam perdidos atrás de duas poças de lágrimas, que cobriam a íris cor de mel.

ELA TINHA DEZESSETE ANOS e estava voltando da escola. Usava uma saia bege curta, que mostrava suas pernas esbeltas, e uma blusa branca com mangas que mal cobriam os ombros. O cabelo comprido caía com graça sobre a mala da escola. Ela subia a ladeira íngreme desde Attiliany até o Alafif e os Muhajrîn, caminhava com leveza sobre as pontas dos pés, como uma borboleta. Um carro da marca Fiat parou ao lado dela. O motorista, careca e com um nariz curvo, botou a cabeça grande para fora da janela e disse: "Como vai, docinho?". Ela respondeu, sorrindo: "Bem". Ele perguntou se ela queria subir no palco. "Eu?", ela perguntou, e ele apontou para o "palco". Ela disse que perguntaria aos pais e que ela iria se eles concordassem. "Tão simples assim?", perguntei para a minha mãe naquela noite. Não estávamos sentadas de frente uma para a outra em casa com a câmera nos escutando, e sim num café próximo com vista para a rua, olhando os transeuntes, passando o tempo a observar a vida que pulsava para além de nós. Minha pergunta quanto à simplicidade não era nova. Todas as histórias da minha mãe sobre sua infância, adolescência e juventude levantavam esse tipo de pergunta. Todos os assuntos eram simples: as relações sociais, a família, a doença, a morte, o amor, a vida e a guerra... até mesmo a adoção era simples e não precisava de muitas manobras e transações fraudulentas.

Então "os *baathistas** chegaram" — como se dizia —, e assim o simples ato de respirar se tornou complicado. Quando criança, a frase "os *baathistas* chegaram" gerava uma imagem na minha cabeça. Eu escutava isso na sala da casa dos amigos do meu pai e imaginava um grupo de homens vestindo uniformes oficiais de tecido azul-brilhante, o cabelo ralo colado pelo suor no couro cabeludo como se fosse parte dele. Imaginava-os entrando na cidade em bloco e num mesmo ritmo. Minha mãe não viveu a sua infância sob o impacto dessa frase. Desde cedo, minha consciência começou a se formar, abrindo-se para a enorme distância que havia entre nossas infâncias. Vivi as décadas de 1980 e 1990 apoiando-me no tempo deles, no que restou dele, para sobreviver ao meu tempo sombrio. Acompanhava meu pai ao Hotel Alcham ou ao Hotel Umayya, para encontrar seus amigos. Os poucos passos que separavam o táxi daqueles lugares eram os mesmos que separavam, no fundo, dois mundos e duas épocas. Entrávamos no saguão do hotel, mobiliado com enormes sofás de veludo próximos à ampla fachada de vidro que se estendia ao longo do café. Eu sempre me sentava de costas para a rua. A rua é o tempo presente, envolta pela solidão. Com eles, eu me sentia no tempo deles; eu gostava das suas conversas, embora não entendesse muita coisa. Eu corria até perder o fôlego, queria crescer antes da hora, apressava o tempo. Sabia muito bem que, se eu demorasse a crescer, chegaria lá sozinha, sem eles, sem suas conversas e o que restava do seu tempo. No táxi, meu

---

* Membros do Partido Baath, que tomou o poder na Síria com o golpe de Estado de 8 de março de 1963.

pai e eu recorríamos às muitas casas pelas quais passávamos, bisbilhotávamos pelas janelas iluminadas a vida dos seus donos, imaginando-os sentados na frente da TV ou jantando em silêncio, ou talvez rindo. Descobri o desgosto do meu pai pela rua, também, por causa do nosso tempo brutal. Ele fugia comigo para a janela mais próxima, voávamos na nossa ideia de vida, não na própria vida. Até que meu pai se cansou de inventar aquele espaço na sua imaginação... e partiu.

Minha mãe, que sonhava em ser modelo, varou a rua naquela tarde, querendo chegar em casa e convencer seus pais. Corria segurando a mão da Raja Aljadawi, puxava-a para que acompanhasse seus passos; olhava para ela com olhos molhados de alegria. Raja era oito anos mais velha. Foi a primeira modelo egípcia da época e depois se tornou atriz. Minha mãe rasgou sua foto da revista *Hawwa* e pendurou-a ao lado da janela com vista para a *machraqa*.* Raja, de ombros esticados, usava um vestido apertado, sem mangas, e inclinava a cabeça para a direita, mostrando o perfil do rosto alongado e as feições delicadas. O delineador corria ao longo de suas pálpebras. O costureiro aparecia atrás dela — mal alcançava sua altura —, dava os retoques finais no vestido antes de ela entrar na passarela. O cabelo da Raja era curto e cheio. Não olhava para nós; indiferente, virava o olhar para o outro lado. Essa foto me lembrava uma da minha mãe, também de pé, indiferente, esperando que o maquiador terminasse de pintar seus olhos grandes, de cílios longos. Ela também se preparava para uma apresentação teatral. Minha mãe chegou em casa sem fôlego. Despediu-se de Raja na soleira de madeira

---

* Pátio interno, típico da arquitetura das casas damascenas; localiza-se entre a escada e os dormitórios no andar superior. Ali, geralmente fica um varal e se arma uma espécie de caramanchão para suportar a indispensável videira.

da casa e entrou correndo, feito uma revoada de borboletas dessa vez, e não como uma única borboleta. A voz da minha avó começou a ecoar na espaçosa casa damascena, batia numa parede do salão e ricocheteava na outra, escapava, vazando para o pátio, depois batia na parede da sala de jantar, antes de se espalhar pelos quartos do andar superior. "Você quer atuar?!", perguntava aos gritos, alongando a última sílaba até o ar acabar. Logo, recuperava o fôlego e voltava a gritar. Para a vó Helena, atuar incluía a troca de beijos e abraços entre os atores, o que significava uma ruptura dos limites das tradições sociais e dos costumes. Meu avô não se importava. Ele agarrou a mão da minha mãe, a mesma mão que segurava pouco antes a mão da Raja Aljadawi, e saiu com ela. Minha mãe lhe mostrou o suposto palco muito perto de casa: era um porão alugado no Escritório de Boicote a Israel. Acima da porta do "teatro", ou da casa alugada, minha mãe leu em voz alta e orgulhosa: "Grupo de Artes Dramáticas". Meu avô Yussef tocou a campainha. O homem de cabeça grande e nariz curvo abriu a porta. Sorriu quando viu minha mãe sorrindo dengosa ao lado do pai. Ele estendeu a mão para o meu avô e se apresentou: Rafiq Assabban. Minha mãe começou a frequentar aquele teatro todos os dias depois da escola. Estudava por lá, os atores a ajudavam com os deveres de casa; depois, ela praticava atuação. Minha mãe me apresentou a Rafiq Assabban quando eu era garotinha; encontramos com ele acidentalmente perto do Hotel Dimachq. Ele abraçou a minha mãe com fervor e beliscou minhas bochechas brincando. "Sua mãe é cria minha". Não entendi muito bem a frase naquele tempo!

Alguns meses depois, minha mãe subiu ao palco do teatro militar e fez sua primeira apresentação: como Lady Macbeth.

Minha mãe conta essas histórias como quem conta o sonho da noite anterior. Dessa vez, ela desviou o olhar para a rua. Perdeu-se naquela memória cintilante. Ao olhar nos seus olhos, a culpa me devora mais uma vez. Uma combinação de culpa, medo e desamparo. Se eu pudesse carregá-la e levá-la de volta para aquele tempo! Minha mãe foi arrancada duas vezes do seu tempo — uma quando conheceu meu pai, e a outra quando me conheceu. Ambos descobrimos sua tranquilidade e a desejamos para nós. Nós, os carregados de uma preocupação hereditária, fomos acumulando-a dentro de nós, sem nos importarmos com seu espírito livre de qualquer amarra. Nós a capturamos por inteiro... e a sua memória, o seu tempo e a sua época. Insinuamos para ela que éramos a memória, o tempo e a época. Minha mãe, delicada e bem-humorada, aceitou. Amou meu pai e se afogou nele. Ela se retirou daquele barulho tentador sobre o palco, atrás da tela e através do rádio. Largou toda aquela fama para a qual trabalhou por muitos anos com sua voz distinta, sua tremenda habilidade de interpretar, sua presença forte e ao mesmo tempo suave e se refugiou em nós. No entanto, éramos nós que recorríamos a ela. Buscávamos refúgio, segurando seus ombros, guiados por sua tranquilidade, fazendo-a carregar a preocupação do mundo inteiro, buscando conforto no seu colo. Como foi que a minha mãe chegou inteira a este tempo? Como chegou com duas mãos, duas pernas, uma cabeça e dois olhos, e essa doce alma ainda pulsando, mesmo que com dificuldade? Às vezes eu gostaria que ela não tivesse se casado com o meu pai. Que tivesse se casado com qualquer outro homem que conhecera antes do meu pai. Eu sei que, se fosse assim, eu não teria conhecido nem ela nem ele. Voltei um dia da escola e meu pai estava doente, tinha passado a maior parte do dia na cama. Minha mãe abriu a porta sorrindo como de costume. Ela não sabia que eu tinha ficado atrás da porta por alguns minutos antes de tocar a campainha. Eu demorava a voltar para eles. Eu tentava escutar e captar suas vozes porque temia sentir de uma vez. Minha mãe não sabia que sua habilidade de atuar se desmanchava e se esvaía até desaparecer por completo quando ela abria a porta para mim. Todos os dias, o mesmo sorriso. Um sorriso que implorava por um pouco de tranquilidade no meu coração; mas eu conseguia distinguir entre a honestidade e a mentira. Naquele dia, seu sorriso estava diferente; não havia nele lugar para a honestidade nem para a mentira. Um sorriso fugidio, de outro tempo, não só nos lábios, mas também nos olhos perdidos. Fui para a cozinha, joguei longe a mala da escola e ouvi uma voz feminina vazando do quarto do meu pai. "Temos visitas?" Minha mãe fez que sim com a cabeça. Corri para o quarto dele, abracei-o como fazia todos os dias e então apertei a mão da mulher estranha, que tinha uma voz aguda, estridente, e um sorriso nada simpático. Voltei para a minha mãe, e o sorriso ainda irradiava em seus olhos. Ela disse uma frase simples: "Bonita? Ela poderia ter sido sua mãe". Eu a abracei, e disse que *ela* era a minha mãe e que era a mulher mais bonita do mundo. E eu não estava mentindo.

MINHA MÃE DISSE QUE SE SENTIA PERDIDA, confusa. Não havia mais uma cronologia de eventos na sua memória. Eu tentava reconfortá-la. O que adianta a sequência das coisas? A única sequência fixa na nossa memória é a da partida. Sabemos quem partiu antes de quem, ou depois, e não faz mal se, entre uma partida e outra, a cronologia estiver perdida. Perguntei à minha mãe se a minha tia Marianne se opunha àquela coisa da atuação. Presumi que sim, que ela teria tentado de tudo para impedir a irmã mais nova de subir no palco. "Nada, nunca se opôs, pelo contrário." Fiquei surpresa, não consegui entender, já que foi contrária a questões muito mais simples. Minha tia, tendo crescido sem um nome de família no qual se apoiar, inventou para si uma personalidade forte e autoritária. Na verdade, ela não inventou apenas uma, e sim várias. A Marianne era uma santa para nós da terceira geração. Foi o acaso que me levou a procurá-la, a conhecê-la mais uma vez, naquele dia em que conheci o amigo do meu pai, o escritor e diretor que jogou pedrinhas num lago de água parada: "Ah... Claro que eu a conheço". Perguntei a Marianne sobre ele. Ela sorriu aquele sorriso que terminava com um suspiro. Olhava para a ampla porta da varanda da sua casa no décimo primeiro andar. Minha tia também precisava olhar para lembrar. No entanto, ela não olhava nos olhos como a minha mãe, mas mirava um ponto qualquer num espaço aberto. Precisava de um horizonte para lembrar e pensar.

Diminuía os olhos ao tentar recordar, como se isolasse a ideia, tentando distingui-la de outras. Ela me contou que o ajudou na produção de um dos seus filmes. Eu não conhecia ainda a história da fortuna que se dissipou. Não me dei ao trabalho de perguntar sobre a produção, mas quis saber se ela o amava na época. Respondeu, sem hesitação: "Ele me amava...". Marianne sempre resumia seus casos amorosos com essa frase. Eles a amavam, e ela não podia impedir ninguém de amá--la! Mantinha-se firme nessa imagem sagrada. Sempre que estendíamos a mão para tentar tirá-la dessa imagem, nem que fosse um pouco, ela vinha com uma frase assim, daí nós a devolvíamos àquele lugar. A relação dela com os homens não era fácil. Ela, que não teve o nome do pai, de identidade desconhecida, recusou-se a ter o nome de qualquer outro homem. Essa rejeição ia além dos documentos oficiais, dos processos e dos registros. Era uma rejeição profunda enraizada no seu caráter, que fazia da permanência com qualquer homem uma fantasia ou loucura. Ou eles a deixavam, desesperados, ou morriam. Minha mãe era mais próxima deles do que a Marianne. Sabia escutar, respondia às suas necessidades para que revelassem suas lembranças, suas histórias, suas fofocas, com calma e com um sorriso bem ensaiado. Aquele sorriso que sugeria que a história fora totalmente compreendida, sem deixar transparecer nenhum instante de tédio, prejulgamento, desdém ou ridicularização. Minha mãe fazia amizade com eles, e eles gostavam mais da sua companhia do que da companhia da Marianne. "Por que a Marianne deixou o Sameh Assibaí, o elegante oficial que você dizia ser parecido com o Clark Gable e o Tyrone Power?", perguntei para a minha mãe. Ela sorriu, disse que foi ele quem a deixou, e não ela. "Mas por quê?" Minha mãe não se lembrava exatamente do motivo. No entanto, ela riu do estrondo que fez o vaso de planta quando voou da *machraqa* e rolou pela longa escada até o pátio da casa. Marianne atirou o vaso no Sameh, que descia as escadas, retirando-se de uma possível batalha com a sua noiva. Ele não foi atingido, mas, se tivesse sido, teria se juntado à lista dos que morreram, e não à dos que a largaram. Brigar com os seus homens significava atirar neles o que tivesse nas mãos. Ela ficava com raiva e perdia o controle. Com o passar dos anos, quando os músculos se enfraqueceram e traíram o corpo, a Marianne parou de brigar. Não tinha forças para lutar, já que não dispunha dos meios para fazê-lo. Depois da primeira vez que ela foi incapaz de levantar um vaso de cristal pesado, na sua última casa, para jogar na Chaghaf, parou de brigar e se contentou com o aborrecimento: sacudia a cabeça, apertava os lábios, amarrava a cara e se entregava a um silêncio que podia durar semanas. Depois, ela tinha que sair desse estado e nós tínhamos que ajudá-la. O Sameh a amava. Estava apaixonado por ela. Pediu-a em casamento. A tia Marianne não aceitou viver com a mãe dele sob o mesmo teto. Ficaram noivos e esperaram até que conseguissem uma casa para alugar, mas, antes de encontrar a casa prometida, ele a largou.

As doenças da minha tia Marianne eram suficientes para uma família inteira ou mais. Ela adoecia de uma enfermidade e do seu oposto ao mesmo tempo. Para ela, não havia meio-termo. Sua pressão chegava a vinte, mas ela não se importava. Depois caía para cinco, e ela também não se importava. Seus batimentos cardíacos corriam um atrás do outro, de modo que tropeçavam a uma velocidade de mais de cento e oitenta, e então despencavam de uma vez para uma velocidade imensurável de tão baixa. Quando conversávamos com ela sobre suas doenças, ela chorava de rir. Certa vez, estávamos tomando café na sala da casa da Clemenceau, quando minha tia abriu o saco de remédios diários e mergulhou nele. Juro que supriria as necessidades dos moradores do prédio inteiro! Ela estava me contando a história da morte do filho único da sua vizinha em Damasco. Olhava nos meus olhos e narrava os mínimos detalhes. Depois se perdeu e se esqueceu do que exatamente nos tinha levado àquela conversa. Eu a fiz lembrar e então ela retomou e completou a história. Passaram-se mais de trinta minutos e a Marianne ainda estava narrando o episódio; todavia, não chegamos à causa da morte, nem sequer estávamos próximas daquele momento horrível. Enquanto isso, ela segurava a sacola com a mão esquerda e com a direita apalpava o caminho até um remédio em particular, como se fosse alcançá-lo com o toque. Interrompi a história para ajudá-la a chegar ao remédio. "Dois, eu tomo dois agora, filha, não um", ela me disse. Perguntei sobre o nome dos dois e para que serviam. "Um é diurético e o outro é para incontinência urinária", e então explodimos numa risada. Sim, só a Marianne trazia no corpo a doença e o seu oposto e tomava dois medicamentos que funcionam de forma contraditória. Chegamos ao fim da história da morte, naturalmente com muita dificuldade, e os médicos não descobriram a razão. Nunca conheci ninguém que contasse histórias como a minha tia Marianne! Elas se baseavam em dois elementos-chave: prolongamento e esquecimento. Não se tratava somente do evento, mas de todos os detalhes em torno dele. Eu chegava às vezes a esquecer o assunto da história. Eu tinha perguntado por que o filho único dos vizinhos morrera quando tinha apenas trinta anos, e a história começava na sua casa, no décimo primeiro andar, onde ela, certa manhã, enrolava folhas de uva para guardar no freezer. "Sabe, filha, não sou mais a mesma, não tenho mais a energia de antigamente; então, eu peço ao porteiro que, caso encontre folhas de uva grandes, porém tenras, as traga para mim, assim eu passo um dia inteiro enrolando os charutos e depois guardo no congelador." Enquanto isso eu voava da casa da Clemenceau à sala ampla da casa da Marianne, que ficou apertada e sufocada de tanta tralha. Eu me sento com ela, enquanto enrola os charutinhos; noto que seus longos e belos dedos estão inchados por causa das complicações nos rins e no coração. Vejo neles aquele brilho que pinga dos seus dedos mergulhados no arroz, na carne e no óleo. Suas bochechas proeminentes também brilham, pois, logo que percebia que o azeite de oliva que havia passado no rosto de manhã já havia secado, ela o passava de novo massageando o rosto e depois voltava ao que estava fazendo. "Sabe, me lembrei agora, eu tenho que pedir ao porteiro que me arranje alguém que saiba consertar o congelador, não está congelando direito; a última vez que consertei foi há dois anos, a Chaghaf queria comprar um novo para mim, mas eu não quis. Pra que gastar dinheiro agora num novo, a gente conserta o que tem"; a Marianne divagava falando do congelador, e esquecia do filho dos vizinhos que morrera antes dos trinta anos, depois me perguntou: "Do que estávamos falando? Por que mesmo começamos a falar do congelador?". Daí eu disse que falávamos sobre o pobre do filho dos vizinhos e da sua mãe enlutada. Ela abanou afirmativamente a cabeça, entusiasmada, e prosseguiu: "Então, enfim, eu estava enrolando os charutos... você tinha que ver como eram bonitos, cada folha do tamanho da palma da mão, e se desmanchavam só de tocar. Sabe, filha, nunca mais cozinhei charutos assim, nem uma vez... Para quem? Você e a sua mãe não estão na Síria, a Chaghaf está em Arbil e a Ninar, na França. A Yasmina só volta do trabalho às sete, não tem mais ninguém...". Passamos um tempinho falando das partidas e de quem partira. Recordamos os dias idos, quando a casa estava cheia de nós e dos nossos amigos. Minha tia Marianne, no entanto, não deixava muito espaço para a memória. Parava de recordar quando pisava na soleira das lágrimas, interrompia a memória um instante antes do choro e voltava para a sua cadeira e para a história com a mão dentro da sacola dos remédios, tateando o trajeto. A caminho do seu local de trabalho, onde ele morreu de repente por uma razão que permaneceu desconhecida, passamos pelas casas de todos os vizinhos, conhecemos suas histórias e vagamos pelos bairros que separavam sua casa do seu trabalho. E assim ia, e a palavra "enfim" se repetindo nas suas narrativas e sempre no lugar inadequado, pois o que se segue não leva a um fim; ao contrário, transborda infinitamente. Minha tia Marianne não perdia a oportunidade de analisar as personagens da sua história, mesmo nos momentos mais sombrios da vida delas. Naquela manhã, por exemplo, o telefone fixo tocou insistentemente, mas as mãos estavam mergulhadas no recheio de folhas de uva. "Era Umm-Abdo que me disse: 'Ya Marianne, o filho de Umm-Ramzi morreu', e eu disse: 'Yeh, o que está dizendo? Ai, meu Deus, como essa Umm-Ramzi não tem sorte! Mal se recupera de uma desgraça, acontece outra'." Minha tia, então, vai até a casa da Umm-Ramzi, no sexto andar, entra na sala e encontra a vizinha deitada no sofá, desmaiada devido ao choque. Nem por isso tia Marianne para de mover os olhos em todas as direções. Ela nota que a porta do salão de visitas está bem trancada e fica surpresa. E começa a me contar outra história sobre a relação dos *chawam* com o salão de visitas e como eles amontoam os familiares, vizinhos e amigos na sala de estar, mas deixam o salão trancado, com os móveis cobertos com lençóis de linho para que não desbotem com a ação do tempo e da poeira. Claro que a palavra *chawam* não significava os habitantes de Damasco para a minha tia, mas sim os "muçulmanos". Ela tinha suas próprias ideias a respeito dos muçulmanos. Sua filosofia sobre eles me fazia rir — assim como o fato de que nenhuma desgraça a impedia de deixar os olhos bem abertos e capturar todos os detalhes ao seu redor. Mesmo alguns dos seus amigos cristãos não escapavam àquela "filosofia". Ela costumava dizer que fulano se vestia como os muçulmanos, fazia piadas como eles, ou comia do jeito deles, e vice-versa. Porém, na sua opinião, minha mãe estava acima dos muçulmanos, mesmo sendo muçulmana.

Eu gostava da relação que a minha tia tinha com a vida, com o seu corpo e com as suas doenças. Ao contrário da minha mãe, a Marianne se reconciliara com o tempo. Não ficava frustrada com o fato de não ser mais capaz de fazer o que fazia na juventude. O assunto da pressão alta ou do afrouxamento da bexiga a fazia rir em vez de chorar. Minha mãe tinha medo do tempo, medo de perder suas habilidades, de ficar incapacitada e ter que depender de nós. Nós? Minha mãe antecipava o tempo e o vivia prematuramente, confundindo épocas, sentimentos e memórias. Quando sentia dor nas costas, o culpado era o envelhecimento. A Marianne, ao contrário, se sentisse a mesma dor, não perdia a risada, que era profunda e intermitente ao mesmo tempo — se deixava de ser intensa por alguns segundos, ressurgia retumbante. Como podia toda essa energia física e espiritual desaparecer, deixando o eco da risada desmoronar na imaginação?

Recordar? Como a memória pode recuperar sons e cheiros? Penso na Marianne, e ouço sua risada exatamente como era e sua voz grossa me dizer: "Se Deus quiser, você vai me enterrar". Consigo sentir seu cheiro gostoso, mistura de perfume e aroma de azeite. Quando criança, eu gostava de sanduíches de *zaatar* e azeite, porque cheiravam à Marianne. Ela esfregava o rosto com azeite várias vezes por dia e creditava a isso o frescor da sua pele e as suas poucas rugas. Com o tempo, todos os cômodos da casa da tia cheiravam a azeite; o aroma foi se infiltrando nas paredes e ficou aprisionado no ar. Na sua primeira visita à casa da Clemenceau, ela encheu uma xícara de café com azeite e colocou-a na escrivaninha de madeira da sala; toda vez que passava por lá, indo ou vindo, molhava os dedos no azeite. Assim, no trajeto entre a xícara e o seu rosto, algumas gotas pingavam na escrivaninha. Quando minha mãe — obcecada por limpeza — protestava, a Marianne simplesmente dizia que o azeite de oliva nutria a madeira. Eu gostava dos sanduíches da Marianne mais do que dos da minha mãe, porque a minha mãe, durante o preparo, pensava em como seriam consumidos, e não no seu gosto. Preparava-os com tanto requinte e me entregava como se fossem uma pintura: o pão arrumado e gentilmente dobrado, sem espaço para "pingação", nem "esfarelamento", porque mal usava azeite por medo de vazar e escorrer pelas minhas mãos. O famoso sanduíche da minha tia era chamado de "molhadinho". Tinha queijo branco, hortelã e muito azeite; ela o aquecia na frigideira e me servia sem ligar para o azeite que pingava dos poros do pão. Eu nunca ouvi a minha tia dizer: "Usa um pratinho". A frase reverbera na minha cabeça com a voz da minha mãe toda vez que pego um pão para fazer um sanduíche. A Marianne aproveitava meu apetite enquanto eu comia para criticar a minha mãe, a "obcecada demais". Com exceção do sanduíche "molhadinho", eu preferia a comida da minha mãe à da minha tia, mas gostava mais de comer na casa dela. Eu ficava à vontade, longe do olhar da minha mãe acompanhando o prato nas minhas mãos, desde a panela até a mesa, para verificar se não teria "pingação" nem "esfarelamento"! Ela nem deixava a gente se servir: "Deixa que eu ponho pra você!". Minha tia, que sofria de pressão alta, adorava sal e pimenta e os consumia com voracidade. Não importava se o almoço ou o jantar podiam levá-la ao centro de terapia intensiva, o importante era aproveitar o momento. Pulverizava-os na comida com generosidade, como se fossem água. Gostava igualmente de remédios e os consumia bem! Na cozinha, transformou duas grandes gavetas em farmácia, frequentada por todos os habitantes do prédio superlotado. Descreviam para ela seus sintomas; então, ela abria uma das gavetas e pegava o que servia para eles. Uma vez, sua vizinha, que perdeu o único filho, desenvolveu uma úlcera no estômago e teve que passar por uma cirurgia um ano depois de ingerir regularmente uma droga indicada pela minha tia. A Marianne colecionava medicamentos — como selos. Alguns tinham a tarja de "edição limitada" e só eram encontrados na "farmácia" da Marianne, depois de retirados de todas as farmácias, por exemplo, quando se descobria que prejudicavam a saúde. Uma vez, estávamos reunidos na casa dela no Natal e o marido da Chaghaf teve uma forte dor de cabeça. A Marianne correu até a gaveta da cozinha e deu-lhe um comprimido que sumia com a dor em poucos minutos, como ela mesma dizia. O marido da Chaghaf, que era muito obcecado com a saúde e o físico, colocou a pílula entre os lábios, levou o copo de água até a boca e no instante em que a pílula achou seu caminho até a língua e escorregou com a água pela garganta, chegando ao estômago, escutamos a tia Marianne dizer: "Eu não sei por que eles tiraram este remédio de circulação... Bem, eu ainda tenho duas cartelas; não há nada melhor para dor de cabeça". Eu me lembro da palidez que tingiu o rosto do marido da Chaghaf e do medo pingando dos seus olhos!

Como pode todo esse barulho minguar? Nossas vozes ainda estão presas na minha cabeça. Na noite de Natal, a porta da casa do décimo primeiro andar mal fechava e já abria de novo. Muita comida, vinho, doces, presentes, risadas, tudo era muito, e tudo de repente silenciou, e não há como trazê-lo de volta.

MINHA MÃE SENTE FALTA do que não pode mais voltar. Ela tem a ilusão de que, se retornasse para Damasco, mataria a saudade daquele barulho, e não há como convencê-la do contrário. Acho que ela precisa desse estado de saudade e nostalgia mais do que sente essa saudade ou nostalgia. Ela sente que a nostalgia é uma necessidade — e a agarra entre os dentes para viver. Qual é o sentido da sua vida sem essas lembranças e sem essa saudade transbordante, que a faz flutuar na sua superfície? Eu me sento na sala com a câmera. O som do seu sono profundo chega até mim vindo do andar de cima. Carrego o meu corpo sobre os ombros e subo as escadas. Não sei exatamente como explicar esse sentimento. Mas meu corpo relaxa nos meus ombros, e eu sinto o seu peso sobre eles. Entro no quarto dela. Minha mãe dorme um sono profundo. Eu a acordo com calma. Ela abre os olhos e sorri. "Com que você estava sonhando?", ela olha nos meus olhos, seu sorriso estica depois afrouxa: "Sonhos muito bonitos. Eu estava cozinhando *chakrie* e *mulukhiye* para a minha irmã e para a Chaghaf". Eu não pergunto onde estava a Ninar nem onde eu estava. Mas pergunto onde ela cozinhava. "Não sei." Desde que a arranquei de Damasco e depois de Beirute, todos os sonhos perderam o lugar. Seus sonhos não conheciam mais a geografia. Pareciam estar fora de todos os lugares; giravam na sua cabeça, e não entre as paredes de uma casa ou uma cidade em particular. Além do mais, ela já percebia, no sonho, que estava sonhando! Triste do sonho que perde o lugar. Triste da minha mãe, que se apoia no sonho para conseguir sair da sua cama estreita todas as manhãs. Quando nos mudamos para esta casa, exatamente há um ano, minha mãe se recusou a ter uma cama espaçosa. Insistiu com veemência que comprássemos uma cama estreita, em que ela mal cabia deitada de barriga para cima! Talvez quisesse que na cama, a partir de então, só coubesse ela e mais ninguém. Qualquer espaço além do ocupado por seu corpo daria aos sonhos a oportunidade de visitá-la à noite. Ou talvez um espaço desocupado pudesse permitir a ela tatear o vazio e sentir as partidas acumuladas uma após a outra. A cada partida, minha mãe se desmanchava, e sua alma se derretia. Eu digo a ela que só temos uma à outra e que nosso destino é o mesmo. Tento facilitar as coisas para ela, fazendo com que se recorde dos milhões de sírios que estão espalhados aqui e ali. "O que restou da sua vida, além de mim? E o que sobrou da minha vida além de você?" Mas minha mãe está procurando um lugar para os seus sonhos. Ela quer voltar, mesmo que por um dia, para aquele pedaço de chão na frente da porta do armário, cheirar suas coisas, viver com os seus pertences por um momento, guardar na sua alma aquelas imagens, saturar o seu olhar e matar a saudade. Imagino-a ali na frente do armário de madeira ou sentada na beira da sua cama grande, na qual não dormiu nenhuma noite. Não me atrevo a pensar muito na frente dela. Eu não disse a ela que a nostalgia por aquele primeiro lugar já tinha perdido seu caminho para sempre e que a relação com as suas coisas não seria como ela imaginava. Minha mãe deixou a casa quando a agitação era ainda possível. Eu não quero aqui recuperá-la, metaforicamente, mas recuperá-la como era, na presença de "toda a família". Como é possível que "toda a família" vá embora, mas a necessidade do lugar não se esvaia? É porque a necessidade do lugar não é exatamente a necessidade de voltar para ele, mas sim de mantê-lo brilhando no espírito, onde ele terá refúgio e nós também. Minha mãe precisa dessa necessidade. Só ela dá algum significado à vida. Só ela pulsa no coração como uma palpitação. "Se você tivesse a oportunidade de subir no palco agora, essa necessidade urgente daquele primeiro lugar se dissiparia?"

MEU AVÔ YUSSEF SEMPRE AUSENTE. Vó Helena presente a cada momento, vivendo entre nós com seu cheiro perfumado e sua culinária deliciosa, seu sotaque mesclado com turco e seus insultos, que ela só gostava de soltar em turco: *Eşşek kız eşek!* (menina buuuuurra!). Eu vivia me perguntando por que minha mãe ignorava o pai dela, apesar do amor e do apreço que sentia por ele por sempre encorajar tudo o que ela sonhava ser. Talvez a partida do meu pai tivesse recapitulado todas as partidas dos homens na sua vida. Ela não queria ouvir o nome de nenhum outro homem e muito menos que a visitasse nos sonhos. Ela nunca me contou um sonho em que seu pai estivesse. O único homem que adentrava sua noite era o meu pai. Meu avô Yussef trabalhava para a Companhia Americana de Seguros de Vida. Naquela época, ele era Josef, e não Yussef. Na infância e na juventude foi um estranho para o seu tempo, a sua família e para os arredores e as ruas da sua cidade. Vivia em Damasco, mas almejava viver fora. Sua família o renegou por ter se casado com uma cristã. Eles diziam num tom sarcástico que cheirava a insulto: "Ela o faz usar chapéu!", apesar de não ter sido Helena quem o levou a usar chapéu. Ele usava para cobrir e proteger a cabeça do céu de Damasco, como se o chapéu importado, com seu design ocidental, carregasse consigo outro céu. Ele levava a sua única filha quando ia encontrar com os amigos — às vezes no Hijaz Café e outras vezes no Restaurante Vienna. E, quando a cidade ficava pequena, ele a levava no seu luxuoso Jaguar para Zahle, no Líbano, onde passavam o dia num dos restaurantes com cachoeiras naturais. Até que comprou uma casa em Bludan, onde começaram a passar os verões na companhia dos amigos. Perto dos quarenta anos, a pergunta sobre os genes e a história compartilhada dos espíritos da família, de "toda a família", começou a crescer dentro de mim. O que trago comigo do meu avô além do seu senso de alienação da sua casa e do seu tempo? Olhando as suas fotos, sinto uma saudade incompleta ou imaginada, pois eu não o conheci a ponto de sentir sua falta; talvez seja nostalgia por um tempo almejado. Lembro-me de um retrato pendurado na parede da pequena sala de estar da casa em Alafif. Um homem de quarenta anos, talvez; cabeça raspada, lábios finos, sombreados por um sorriso leve, e nariz pontudo. Lembro-me bem dos olhos e dos cílios longos. Eu ficava impressionada com a diferença entre os olhos. Eu passava o tempo e me divertia colocando a palma da mão pequena na cara dele. Cobria o lado esquerdo, via seu olho direito sorrindo, gotejando ternura. E então movia a mão para cobrir a outra parte e via o olho esquerdo que derrubava quem o observasse de tanta firmeza e seriedade. Perguntei à minha mãe quem era o homem por trás do vidro brilhante e limpo: "Khaled Alazm, amigo do seu avô Yussef". Khaled Alazm era, na época, o primeiro-ministro da Síria. Minha mãe tinha então dez anos, e sua memória daquela amizade se resumia aos dois caçando veados juntos e à vó Helena preparando um banquete de quibe de carne de veado. Ela se sentava na companhia deles, tomava vinho tinto e se deleitava com as conversas do amigo do seu marido, que era fluente em turco. Existem duas fotografias, uma pendurada na parede desde que Khaled Alazm partira para Beirute, e outra entre as fotografias pessoais do meu avô, guardada numa das gavetas dela. Na parede, a foto de Khaled e, na gaveta, a do meu avô. O detalhe comum entre as duas fotografias é a gravata de Khaled Alazm. Por alguma razão, os dois foram ao Studio Kattan, perto do Cine Amir, e tiraram as fotos separadamente. No entanto, repetiram a gravata para ela aparecer nas duas fotos em torno do pescoço de cada um.

A sensação de solidão no espírito do meu avô aumentou com a chegada dos *baathistas* ao poder e a partida do seu amigo para Beirute. Meu avô ficou preso durante seis meses, após o golpe de 8 de março, por suas ligações com Khaled Alazm, o amigo que resistiu à frustração por apenas dois anos e depois deixou o mundo sem ser enterrado na sua cidade. Minha mãe conta que viu meu avô chorar seu amigo como nunca o vira chorar antes. Não foi apenas Khaled Alazm quem se mudou com a chegada do novo regime; o cheiro daquela época também mudou. Como minha mãe, estou perdida no tempo, não percebo a distância entre o que vivi e o que me foi contado! Sinto perda e sinto saudade. Mas como sentir saudade do que não conheci nem vivi?! No entanto, toda vez que me lembro daquela fase narrada pela minha mãe, sinto a perda. Sinto falta do meu avô, do meu pai e do marido da minha tia, que partiu antes de eu vir ao mundo; contudo, consigo recuperar seu cheiro e sua rouquidão. Sinto falta do Hanna, marido da "Mamãe Grande", e do primeiro marido da minha avó, de nome e identidade desconhecidos. Sinto falta do Sameh Assibaí, levado para a prisão em Mazzeh, com seu companheiro Nuri Kibbah War, por pertencer ao bloco de oficiais do Exército no golpe nacional sírio de 1961. Sinto falta da minha mãe visitando-os nas celas, com a mãe do Sameh. Sameh, que havia se separado da Marianne antes de tentar derrubar o tenente-coronel Gamal Abdel Nasser, rompendo com ele. Pergunto-me agora: qual tentativa de separação foi a mais difícil? Se a Marianne tivesse um pelotão militar em vez de um canteiro de flores, uma batalha sangrenta teria sido travada! Minha mãe se sentava naquela espaçosa cela durante horas, contando a Sameh e a seu companheiro Nuri as histórias do bairro e o que eles perderam. Ela contou que a minha tia se casara com um homem de Aleppo sem o consentimento da vó Helena e do Yussef. Como pode aquela garota que tirou o fôlego de todos os homens que a conheceram escolher um homem vinte anos mais velho que ela, casado, com duas filhas quase da idade da minha mãe e um menino de três anos?! Marianne, no entanto, procurava um pai para ela e, mais tarde, para os filhos, um homem com um nome de verdade. Acho que foi de propósito que ela escolheu um homem casado com três filhos, pois uma outra esposa e outros filhos já tinham testado seu sobrenome e se certificado da sua existência no registro. Marianne não ligou para a rejeição e o boicote da parte deles. Marianne, que cresceu sem pai e sem sobrenome, que chama a avó de "minha mãe", a mãe, de "minha irmã", e o padrasto, de "meu cunhado", não seria infeliz na sua nova vida só porque não compareceriam ao casamento dela. Como todas as mulheres da família, ela se casou sozinha. Minha mãe também contou a Sameh sobre o incidente envolvendo a vizinha Umm-Abdu Harwach no banheiro da sua antiga casa árabe. Ela estava agachada para fazer suas necessidades quando Fayez Qudsi, noivo da Fatma, a filha dos vizinhos, sobrevoou o telhado da casa com um avião de guerra. Fayez era piloto militar na época e, num dos voos de treinamento, ele simplesmente decidiu voar bem raso sobre os telhados das casas nos bairros de Alafif e Mhajrín para cumprimentar sua namorada. Umm-Abdu Harwach tomou um susto, os joelhos relaxaram e ela caiu no banheiro e quebrou o tornozelo. A dor não a fez esquecer de repreender sua vizinha Umm-Taysir, mãe de Fatma, pelo que havia sofrido: "Alguém chega de avião? Eu juro que nunca ouvi falar disso. Vocês querem acabar com a gente? Querem nos deixar loucos? As pessoas vêm a pé ou de carro, mas não de avião! Juro por Deus, essa é nova!". Pergunto à minha mãe sobre Fatma e Fayez. "Eles se casaram, Fayez se aposentou, e morreram há muito tempo." Eu não pedi a ela que tentasse lembrar quando foi isso, achei que me responderia: "Depois que os *baathistas* chegaram". Como aconteceu com o meu avô Josef, que renunciou ao emprego depois que eles chegaram, com medo de se tornar Yussef para sempre. Meu avô transformou a casa em Alafif num abrigo para se refugiar e se esconder do sentimento de alienação. Se entrarmos na casa e fecharmos a porta, viajamos no tempo. A partida da vó Helena roubou uma parte do nosso barulho. A partida do meu avô roubou outra. Nós carregamos o restante da vida para a casa da Marianne no décimo primeiro andar. O barulho desapareceu, mas as paredes permaneceram com cheiro de azeite.

ALGUNS MESES DEPOIS DO CASAMENTO da minha tia Marianne, a "Mamãe Grande" desabou. Ela pediu ao marido, Hanna, que a levasse da casa de Al-Qachla, onde viviam, para a casa da sua filha Helena em Alafif. Não quis partir nas mãos dele. Nem quis que Hanna fosse a última pessoa a quem ela veria. Passou semanas no quarto da sua neta mais nova, minha mãe. Agonizava em voz baixa. As mulheres do bairro a visitavam para aliviar a sua solidão. Não conseguia mais mastigar, nem tinha mais apetite. Perdeu o apetite pela vida e decidiu que era hora de virar a página daquele tempo distante e bonito. Minha mãe costumava mastigar muito as fatias de maçã, até ficarem bem macias e perderem qualquer textura sólida, para depois dá-las para sua avó exausta comer. Em seus últimos dias, atenderam seu pedido e a levaram para a sala.

Deitou-se no chão, no mesmo lugar onde a minha mãe se deitou na noite de Natal, em frente à televisão, enquanto Fairuz cantava na tela: "Sua casa, vovozinha, lembra a casa da minha avó". Uma noite, ela estava agarrada à mão da minha mãe, sentada perto do seu colchão, quando escapou do seu peito cansado um ruído e ela começou a mover os lábios, com os olhos fixos nos da minha mãe. Hanne movia os lábios no ar, e a minha mãe mastigava as palavras entre os dentes como fazia com os pedaços de maçã:

O pescoço parece
O de uma jarra de prata
Se o levar ao ourives
Com certeza vai pintar
Os cílios tão compridos
E é divino o olhar

E partiu.
Eles a enterraram no cemitério Mar-Jirius em Bab Charqi. Eles a enterraram sozinha e garantiram que Hanna não fosse enterrado, mais tarde, sobre ela, como era o costume, por respeito à vontade dela. Eles o enterraram perto, a alguns passos de distância — calculados para que a sua mão não tocasse a dela, por mais que tentasse estendê-la. Hanne permaneceu sozinha em seu túmulo.
Acima da "Mamãe Grande", vó Helena foi enterrada. Acima da vó Helena, foi enterrada...

UM ANO APÓS SEU CASAMENTO, a Marianne deu à luz sua primeira filha, a Chaghaf. Vó Helena decidiu visitá-la pela primeira vez desde que a Marianne deixou Damasco e foi para Aleppo, juntando-se a um homem vinte anos mais velho, casado e com filhos — o mais novo tinha apenas quatro anos de idade. O Jaguar foi até o bairro Assabil, em Aleppo, levando o motorista, o avô, a avó e a minha mãe, que tinha completado dezessete anos. Minha mãe disse que o seu primeiro encontro com a Chaghaf foi ambíguo. Mas a sua calma excessiva fez que, com o tempo, ficasse próxima de todos e fosse amada por todos. Foi exatamente assim seu primeiro encontro com o cunhado Adnan, a quem um tempo depois ela já chamava de "cunhadão". A amizade entre a minha mãe e a tia Marianne cresceu desde o primeiro momento, encurtando o tempo apesar da diferença de idade. Minha tia era dez anos mais velha que a minha mãe, e o "cunhadão", vinte anos mais velho que a minha tia. Nunca conheci o "cunhadão", mas ele está grudado numa parte da minha memória. Minha mãe começou a frequentar a casa em Assabil toda vez que viajava para atuar numa peça dentro do "Tour das Províncias", quando faziam suas apresentações entre Damasco e outras cidades e vilas. A casa da Marianne era espaçosa e luxuosa. Minha mãe não acreditou nos próprios olhos quando entrou no banheiro, todo feito de cerâmica preta; e pela primeira vez foi apresentada a uma banheira que só tinha visto nos filmes. A Marianne fez uma demonstração, enchendo a banheira com água e espuma. Minha mãe tentou se esticar como uma estrela de cinema e quase se afogou: começou a se debater e pedir socorro à irmã. "Que dó de você — consegue se afogar num palmo de água!" Eu podia imaginar a Marianne dizendo aquela frase por trás dos enormes óculos de sol que cobriam metade do seu rosto. Penso na minha tia e ela me aparece em toda a sua elegância. Mesmo quando me lembro dela na cama, eu a vejo usando seu *tailleur* preto e branco e sapatos altos pretos de verniz. Se a imagino caminhando, eu a vejo tropeçar nos saltos altos, tentando se apoiar em qualquer coisa fixa que tiver à mão, como as crianças quando aprendem a andar. Nunca caminhou com firmeza, mesmo sem o salto alto. Ao contrário da minha mãe, minha tia andava sem levantar os pés do chão. Arrastava-os na frente dela, sem dobrar os joelhos, como se a terra se movesse com ela. Distraía-se demais e vivia tropeçando. Não me lembro de uma única vez que tenha saído e voltado inteira. Eu chegava a pensar que o fato de ela ficar a maior parte do tempo dentro de casa a fez se esquecer de como andar na rua, de como descer ou subir as escadas. Acontecia de ela esquecer que o asfalto da rua não era tão uniforme como o piso da sua casa, tropeçar e cair, sendo socorrida pelos passantes. Uma vez, ela chegou em casa com um pé torcido por ter tropeçado numa pequena poça de água, tendo sido socorrida por um homem que estava próximo. Lembro-me dela contando essa história com os olhos cheios de lágrimas de tanto rir. Não entendia como a Marianne podia rir da dor, e como se esquecia do pé torcido enquanto contava que a coceira que sentiu depois da queda foi mais severa do que a dor.

O homem que a ajudou vendia figo-da-índia perto do prédio da amiga dela, Feryal Khanum. Ele estava descascando os frutos cheios de espinhos quando a minha tia caiu; ele correu até ela e a ajudou a se levantar. Se fosse a minha mãe que tivesse caído, ficaríamos durante dias ocupadas com a sua dor psicológica e não física, porque seu pé torcido a paralisaria e causaria uma incapacidade temporária, que a minha mãe imaginaria ser eterna. E se fosse o vendedor de figo-da-índia que a tivesse ajudado, nos ocuparíamos outras semanas limpando os espinhos até termos certeza de que não restou nenhum.

Digo à minha tia, via Skype, que a irmã dela está deprimida e ameaça todas as manhãs voltar para Damasco. Tia Marianne suspira, balança a cabeça calmamente com desânimo, mas logo recupera o entusiasmo num instante furtivo e diz com absoluta confiança: "Sua mãe é reclamona; sempre foi, desde pequena". Eu sorrio e não digo a ela que a minha mãe não é "reclamona", mas sim apressada. Quer engolir o tempo. Ela perdeu o prazer há muitos anos com a partida do marido e passou a depositar, nos detalhes mais triviais, seu sentimento e sua insatisfação. Ela antecipa as calamidades para justificar para si mesma o senso de injustiça. Imagina-se anos depois como uma velha incapaz de realizar suas tarefas habituais, justificando assim seu mergulho na frustração. No entanto, ao perceber sua pressa e sua constante insatisfação, eu falhei com ela. Minha convicção de que nada mais a faria se sentir bem me levou a não me esforçar para agradá-la; e muitas vezes isso me aliviava a culpa.

O casamento da Marianne não foi feliz. Sua beleza de tirar o fôlego escondia uma natureza amarga e um temperamento imoderado. Gostava de cobrar, censurar, culpar, julgar e arrancar confissões de forma brilhante, como os investigadores. Interrogava aqueles que amava até que ficassem esgotados e confessassem às vezes o que não cometeram. Seu casamento era tumultuado; as manhãs começavam com gritos que evoluíam para insultos que voavam para todo lado — muitas vezes eram os objetos que voavam, um vaso de cristal, um telefone daqueles antigos, um cinzeiro de cristal pesado e caro — e terminavam com uma trégua que não durava muito tempo, a qual minha tia quebraria num piscar de olhos. Além disso, ao contrário da minha mãe, ela era bagunceira, sem paciência para cuidar, arrumar ou limpar a casa. E o mais grave era que ela não reconhecia nada disso, de forma alguma! Ela, a habilidosa em arrancar confissões dos outros sobre o que não cometeram, não admitia culpa alguma pelo que tivesse feito. Era como os profetas: estava longe de qualquer deslize ou pecado. Inventou para si esse lugar, sem esforço. Minha tia não tinha tenacidade nem paciência que pudessem auxiliá-la a trabalhar com calma e profunda reflexão. Não sei como ela inventou essa santidade! Nós acreditávamos nela mesmo que nosso inconsciente a desmentisse. E, se a desmentíamos, nunca o fazíamos declaradamente; cada um guardava para si, como um segredo. Esse lugar sagrado inventado pela Marianne não ficava só entre nós, mas se estendia a todos que a conheciam. Sua casa era como um santuário, sua campainha quase nunca parava de tocar. Vinham até ela, do seu prédio ou de outros prédios próximos e ainda de outros bairros mais distantes. Chegavam sem hora marcada, sabiam que a Marianne raramente saía de casa. Havia um sentimento de que a casa era um santuário, e de que o convite era geral. Eles a procuravam na doença e na alegria e, quando saíam, estavam sempre com o olhar satisfeito. No prédio paralelo ao da minha tia, vivia uma médica de verdade, amiga da família. Ela reclamou muitas vezes, dizendo que fecharia o consultório e se aposentaria. Ela examinava o paciente devagar, escutava todos os detalhes relacionados aos seus sintomas físicos e psicológicos, depois lhe explicava sua condição e, ao escrever o nome do medicamento na prescrição, escutava: "Mas a dona Marianne me receitou outro remédio!". Havia uma sensação de leveza que pulsava na sua casa, dando aos visitantes tranquilidade e paz. As provações mais difíceis eram fáceis para a Marianne, e todos os problemas encontravam solução com uma ou duas palavras. Ela balançava a cabeça, seu olhar se perdia no vidro da varanda e depois ela abria a boca. Além disso, o estado do salão, que sempre consideramos nada mais do que bagunça e descuido, facilitava a vida dos infelizes que a procuravam. Tudo de que ela precisava estava ao alcance da mão naquele salão espaçoso: os medicamentos, jogados aqui e ali, sobre os sofás, em cima ou, às vezes, debaixo das mesas, sob as muitas almofadas e sobre o balcão do bar grande; e a agenda de telefones, que ninguém, além da Marianne, conseguia decifrar os códigos, na pequena mesa à sua esquerda. Dependendo do problema do visitante, ela recorria à agenda para procurar o número de um fulano ou uma fulana para resolver uma crise pendente. Até dinheiro, se alguém necessitasse, acharia no salão jogado com negligência num dos cantos. Uma das vizinhas tinha vinte anos e era casada com um advogado, um homem influente, que tinha laços com altos funcionários e mais tarde se tornou um empresário, proprietário de terras, imóveis e restaurantes. Ela costumava correr até a casa da Marianne quando ele batia nela. Assim que a Marianne via a auréola roxa num dos olhos, subia as escadas de apenas um andar e batia na porta, com os olhos já transformados em um "órgão de defesa". Dizia ao marido da vizinha frases contínuas, sem nenhuma pausa entre as palavras, como se não respirasse enquanto o repreendia. Ele morria de medo da Marianne e buscava a sua bênção em cada passo do caminho. Ele pedia desculpas e perdão à esposa e deixava de bater nela por um tempo. Marianne resumia a questão com uma frase: "Todos os homens não valem nada e todas as mulheres do mundo deveriam começar sua relação com um homem a partir dessa verdade absoluta". Na minha adolescência, eu achava que essa frase refletia a falta de conhecimento da minha tia a respeito dos homens e atribuía mais serenidade e doçura a essa santidade estampada no rosto. Eu ainda não tinha descoberto o azeite!

A CHAGHAF VOLTOU PARA DAMASCO carregando os olhos entediados da minha mãe e o meu sorriso apaziguado, porém com um quê de negação. Planejamos uma festa de Ano-Novo em Beirute três meses depois. O médico libanês prometeu realizar a cirurgia em dezembro, depois que a Chaghaf terminasse as sessões de radioterapia; ainda me lembro da última frase que ele disse a ela, que até hoje ecoa na minha cabeça: "Daí você fica *cancer free*". A frase despencou da boca dele e nós, a Chaghaf e eu, a pegamos e dividimos; cada uma ficou com uma parte. Saímos da clínica num dia quente e pegajoso, aquele mesmo dia em que terminamos no Feluka. Mantive a frase na minha bolsa, carregando-a comigo aonde quer que eu fosse, repetindo-a na frente de todos, repetindo-a para que eu mesma ouvisse seu ritmo e acreditasse de tanto repetir, e acreditei. A expressão ficou desassociada da Chaghaf e não me importava se se realizaria ou não: *cancer free*.

Eu escutava as ligações da minha mãe para a sua irmã e para a Chaghaf. Eu atentava para o tom dela no início da chamada e só sossegava quando o ritmo se estabilizava e eu entendia que tudo estava bem, apesar de difícil. Como numa decolagem: o coração fica aflito, bate forte e só descansa e fica aliviado quando o avião se estabiliza no ar. Ela falava dos documentos de residência no Líbano, que ainda não tínhamos conseguido renovar, e da dificuldade de viajar para Damasco no momento. Reclamava do visto de residência a cada hora do dia e me culpava pelo atraso, porque demorei para fazer a solicitação dos documentos para que pudéssemos cruzar a fronteira até a Chaghaf. No fundo, eu queria que a renovação não saísse, exatamente para que não cruzássemos aquela fronteira. Eu temia pela sua memória da última hora. Eu queria que ela ficasse com a imagem da Chaghaf, risonha ou triste, não importava, mas que se lembrasse dela de pé, lançando-nos um olhar indiferente, fumando o seu cigarro e sorrindo dengosa. Minha mãe dizia que a Chaghaf era um pedaço da sua alma. Quão enorme era aquela alma que se dividia por igual entre nós, todos nós. Um pedaço da sua alma não podia complementar ou compensar o outro. Aqueles últimos momentos se tornam insuportáveis quando se acumulam um em cima do outro e entre eles se dissipa a distância da vida, das imagens e dos cheiros. Imaginamos que se vivem da vida apenas esses momentos. O abismo entre a vida e a morte começa então a desaparecer. Desde a primeira partida, não sei mais em que tempo vivemos, minha mãe e eu. Cheguei a imaginar que tínhamos morrido décadas antes, e que a cada partida um novo membro de "toda a família" se juntava a nós, vivia entre nós, ele e a sua história; do contrário, como seria possível que seu cheiro ficasse mais presente após a partida? Talvez a última despedida só se complete com a nossa partida, e não com a deles. A despedida continua até que todos os vivos tenham ido.

No primeiro dia do novo ano, a "dengosa" da família pediu ao marido que lhe trouxesse todos os seus adornos de prata. "Eu quero as minhas joias"; ela os chamava de "joias" e dava uma parada no "o", acentuando ainda mais a sílaba tônica.

Pela primeira vez, suas joias não farfalharam no pescoço, nem no pulso, nem no tornozelo!

Ela partiu.

A Chaghaf foi enterrada por cima do seu avô Yussef — ou, mais precisamente, por cima do marido da sua avó Helena —, que partira trinta anos antes. Marianne não caiu no caminho para o cemitério; seus pés não tropeçaram. Ela reuniu toda a energia para suportar o seu espírito perturbado e cansado. Subiu a rua que levava ao cemitério e que passava em frente à casa da família em Alafif. Aquela casa onde a Chaghaf crescera, depois que o pai partiu e a minha tia deixou Aleppo e foi para Damasco para viver com a sua mãe, Helena, e o seu padrasto, Yussef. Ali, ela viveu com a Ninar e com a minha mãe. Ali, ela se apaixonou pela primeira vez. E daquela casa ela viajou para a União Soviética para estudar engenharia. E àquela casa ela regressou depois de se formar, carregando um diploma universitário e a filha Yasmina — um ano mais nova do que eu —, o cão Colly e uma desgraça na qual se apoiaria para justificar a sua depressão. Não sei quando essa depressão começou, mas a Chaghaf nunca a reconheceu como uma condição isolada. Ela chamava constantemente as desgraças, dando a si o direito de cair de cama, vítima de depressão.

E quem vai nos ajudar a carregar a desventura da sua partida? A Yasmina e eu dividimos essa tarefa. Ela confortava a sua avó Marianne em Damasco, e eu, a minha mãe em Beirute; e juntas confortávamos a Ninar em Paris.

A Yasmina se parecia muito com a minha mãe. Tinha uma tremenda habilidade de carregar toda a família nas pequenas palmas. Ela não temia sentir mais do que podia suportar e me conhecia bem, compactuando com a minha necessidade de sentir em prestações. Não me dizia de uma vez só o que eu não aguentaria escutar. Vivíamos sem homens. Oito mulheres que perderam pai e marido. Essa perda foi simbólica em alguns casos, mas foi perda para nós. Então começamos a perder umas às outras. Acabamos de "devorar" os homens — como papai disse uma vez — e começamos a devorar umas às outras? Eu fujo dos meus sentimentos e os nego, e a minha mãe mergulha neles até o fundo. Afoga-se em detalhes práticos para distrair-se da partida. Ela começa a afundar prematuramente, antecipa o momento e voa no tempo. Desde Beirute, organizou todos os detalhes e só descansou quando enterrou a Chaghaf em cima do Yussef, e o túmulo foi replantado com flores novamente, como se a alma do meu avô tivesse florescido e ele se deleitasse com a companhia da sua "neta".

Olhei nos olhos chorosos da minha mãe, as pálpebras inchadas e avermelhadas. Minha mãe não chorou até que terminasse de organizar todos os detalhes. Todas as lágrimas que ela tinha derramado, desde que voltou do aeroporto naquele dia amarelo, caíram com generosidade. Eu sabia que, quando minha mãe chorava por alguém que partira, ela se confundia com as épocas de novo e por isso chorava por todos que já tinham partido. Mal secavam as lágrimas nas suas bochechas, criando linhas frágeis, e jorravam outra vez. Ela não chorava mais como antes. Fez do choro um ritual, que adiava e esperava, e quando ele chegava, ou quando ela o chamava, entregava-se a ele. Naqueles momentos, eu tinha apenas uma frase para confortar a minha mãe: "Papai se foi!". Eu a lembrava — embora ela nunca esquecesse nem sequer por um segundo — de que seu amado se fora, e que com a sua partida a morte perdera o significado. Ele fora embora e todos foram com ele. Era uma ideia triste e cruel, mas convencia. Minha mãe movia os olhos na minha direção com a cabeça fixa, olhava para mim, pensando na frase como se eu a tivesse dito pela primeira vez, e balançava a cabeça, concordando comigo.

Nunca vi um amor igual ao que ela sentia por ele. No entanto, se ele não tivesse partido, hoje eles estariam separados. Ele partiu, mas a ideia dele permaneceu, e não havia mais necessidade de separar-se dela. Às vezes penso em como minha mãe está repleta dessa presença, sem se importar. Ele não fez nada para a minha mãe, para que ela alcançasse esse nível de plenitude! Ele só deu a ela uma ideia, a ideia de estar com ela na mesma casa. Eu me sentia triste por ela, porque ele partiu antes de eles se separarem, privando-a da oportunidade de terminar e começar de novo. Não sei como explicar isso! Mas partir fixa o tempo, porque quem parte deixa de envelhecer. Meu pai partiu aos cinquenta e quatro anos, há vinte anos, e hoje ele ainda tem cinquenta e quatro, enquanto nós envelhecemos vinte anos! Minha mãe agora era mais velha do que ele, e ele era seu amante mais novo naquele momento. Qualquer um que a tivesse amado antes ou depois do meu pai seria mais próximo da idade dela agora, exceto seu namorado que era vinte anos mais novo! Meu pai amava o amor dela por ele. Esquecia-se de que a amava e só se lembrava quando ela se distraía dele por algum motivo durante um breve instante. Ele a roubou de tudo que podia ocupá-la além dele. Roubou-a do palco, depois da TV, depois do rádio, e quando ele não conseguiu encontrar de que mais roubá-la, ele adoeceu; então ela se ocupou dele dia e noite — e continua ocupada com ele até agora. Seus olhos brilham quando fala dele, e ela sorri aquele sorriso furtado daquela época, uma combinação do sorriso dele e dela. Minha mãe me contava que durante o sono uma mão a acordava dando tapinhas no seu ombro; ela levantava a colcha e o cobria. Minha mãe contava essa história como se ela acontecesse de fato. Eu mesma cheguei a acreditar nela. Ele não deu a ela a oportunidade de se separar dele antes de partir, e ela se antecipou: ficou com ele e o impediu de partir. Guardava as suas coisas como a luz dos olhos e as batidas lentas do seu coração. Levava com ela, aonde quer que fosse, algumas roupas dele que não tinham sido lavadas e tinham o seu cheiro ainda impregnado no tecido! Era o que a minha mãe alegava. Quem conseguiu inventar um tempo para viver nele não seria incapaz de inventar o cheiro e os vestígios do corpo impregnados no pano, ou aquela mão que a toca à noite. Seu amado nunca esteve ausente das nossas conversas, mas as oportunidades de falar sobre ele diminuíram com a partida delas. Não havia mais para quem contar sobre o seu marido, exceto eu e a Yasmina, que não tem memória comum com ele, já que o seu pai a roubou ainda na tenra idade e a levou para o interior de Idlib, após o casamento da Chaghaf, que não conseguiu recuperá-la até que a menina estivesse com dezessete anos.

Por muitos anos, Yasmina foi a "causa" da depressão da Chaghaf. Ela acreditava que a depressão se dissiparia se recuperasse a filha, mas rapidamente inventou novas adversidades apontando para um longo período de infelicidade. Eu estava tão triste por ela, vendo-a se esvair mais e mais a cada dia, que fui com ela a Aleppo para roubar Yasmina do pai e trazê-la de volta. Todo mês, ela ia para Aleppo encontrar a filha no tribunal. Elas passavam o dia juntas, e então cada uma retornava para a sua casa, a Yasmina para a região de Sarmada, e a Chaghaf para Damasco. Até que ela decidiu roubá-la numa dessas visitas, com a anuência do advogado. A Yasmina tinha dezessete anos. Ela voltou para nós, mas não encontrou o que havia deixado. A casa em Alafif, onde passamos nossa infância, não existia mais; fora substituída pela casa da Marianne naquele subúrbio distante. Sua mãe não era mais a mesma, tendo mergulhado num vazio do qual era incapaz de sair. Sua avó Marianne estava doente e debilitada. A Ninar morava na casa da mãe, depois de se separar do marido, e sofria de sufocamentos noturnos que requeriam uma corrida ao pronto-socorro. Minha mãe ficou com o corpo minúsculo, tendo enterrado com o meu pai o que lhe havia sobrado de energia. Eu experimentava todos os problemas psicológicos que se podia imaginar, sendo incapaz de manter com ela uma conversa normal. Confusa e perdida, eu me perguntava a cada instante que sentido tinha a nossa existência nesse estranho mundo! Como se todos vivêssemos à espera daquele momento. Esperávamos a Yasmina voltar para depositar nas suas costas tudo o que não suportávamos. Esquecemos que ela tinha sido, por anos, uma prisioneira da casa, cuidando da cozinha, da limpeza, da arrumação e dos estudos. Uma vez, ela me disse que contava os ladrilhos do quarto para passar o tempo. Seu pai, que havia se casado e cuja mulher já havia dado a ele um filho, obrigou-a a usar o *hijab* e passou a infância cuidando deles. Voltou para nós boa em todas essas coisas: cozinhar, arrumar, escutar e cuidar. Nós comemos da sua deliciosa comida e gozamos da sua imensa habilidade de abraçar e cuidar. Não nos perguntamos como ela adquirira todas essas habilidades. Esquecemos que tinha a alma esgotada e o corpo exausto. Não percebemos. Como vivemos alheios a tantas coisas que só percebemos quando as perdemos! Como meu pai, que se esquecia de que amava a minha mãe e só se lembrava quando dava falta dela.

UM DIA, NO INÍCIO DA NOITE, eu disse à minha mãe que a vida pulsava fora da soleira da casa e que poderia levar a sua história até o café próximo. Minha mãe costumava passar o delineador preto nos olhos quando saía, mesmo que fosse a um passo de distância de casa. Era o suficiente para ela, como se a cor jogasse sombras nas suas bochechas e uma elegância em todo o seu rosto. Além disso, ela o passava nas pálpebras antes da sesta diária. E todos os dias eu fazia a mesma pergunta: "Você tem um encontro no sonho?". Ela sorria docemente, sorriso que a puxava um pouco para cima, seu ombro direito levantava até quase tocar o rosto, e seus calcanhares se erguiam do chão por um momento. Sair de casa com ela para o café próximo era para mim um dos passeios mais agradáveis nesta vasta cidade. Sua presença comigo num lugar estranho atenuava a sensação de solidão e consolidava a ideia de pertencer a um pedaço de chão ao qual não pertencíamos; então imaginávamos aquele pertencimento como uma base, e desapareciam os muitos detalhes necessários para se pertencer, fazendo da nossa presença física num dos cafés estranhos para nós uma forma diferente de pertencimento. Lembrei-a da "Mamãe Grande", e suas lágrimas derramaram-se. Tentou disfarçar a vergonha de chorar pela sua avó — que estaria mais jovem do que ela, já que partiu aos sessenta anos —, dizendo que na realidade não chorava por ela, mas por todos que se foram. "Todo mundo se tornou um passado, e, por serem o meu passado, eu choro pelo passado; a partida deles é parte da minha partida." Minha mãe invocava a sua partida prematuramente porque enterrou com cada um deles uma parte dela, um pedaço da sua alma, e esta não cresce novamente se uma parte lhe foi arrancada. A alma não é compensada pelo que perdeu, pela dor do que perdeu.

Há histórias que não combinam com uma casa — que não comporta o transbordar dos seus detalhes. Há histórias que, se forem contadas dentro de casa, deixarão as paredes impregnadas delas, e eu não queria que algumas histórias se instalassem na nossa casa. Por isso pedia à minha mãe que as contasse ali, longe das nossas paredes, para jogá-las nas paredes de um lugar estranho, para que tivéssemos uma memória lá. Nossa memória dos lugares não é apenas uma memória sensorial; ficamos ligados às histórias que escutamos nesses lugares. Quando eu queria que ela falasse dos estranhos na vida dela, eu a levava àquele café próximo. Senti, naquela fase, que a casa não era para estranhos. Eu não queria intensificar ainda mais a sua errância entre épocas e memórias. A casa era para "toda a família", e o café, para os estranhos. Bastava uma breve pergunta para ela viajar no tempo, com suavidade e flexibilidade. Eu desaparecia, o café desaparecia com os seus clientes e o barulho, e eu sabia, naquele momento, escutando as histórias da minha mãe, que ela não me via mais; o lugar se abria e os seus olhos giravam no vazio, enxergando apenas o passado e as suas conversas.

Eu lhe perguntava sobre o amor e me perguntava como conseguira se safar da educação rígida da minha avó e da Marianne, que odiava todos os homens que a minha mãe amava. O batismo da minha mãe, ocorrido pelas mãos do padre Marqadeh na Igreja Mariana, não fez dela uma cristã, nem a religião do seu pai fez dela uma muçulmana. Meu avô não era muito religioso, ao contrário da sua família, extremamente conservadora. Toda a família o boicotou, exceto a sua irmã mais nova, Badria. Dela, minha mãe só recordava as vestes — uma *mallaya zam*, que cobria todo o seu corpo — e que morava no bairro de Alsuwaiqa, em Almidan, com o marido, com quem não teve filhos. Quando alguém batia na porta, a Badria, do outro lado, batia palma duas vezes, para que o estranho não ouvisse a sua voz. Da Badria, só restaram essas poucas lembranças, a última talvez quando se recusou a provar o *harraq usbau*, o arroz temperado, na casa do seu irmão, porque não foi feito pela vó Helena, mas "doado" pela vizinha doente, Umm-Abdo. Ela se recusou a comer da comida da vizinha porque, se o fizesse, teria que ir da sua casa no Almidan para a casa do seu irmão em Alafif pelo menos uma vez por semana, para visitá-la e ver como estava! Comer a comida de alguém fora da família implica visitar essa pessoa com frequência: "Não quero que haja entre nós pão e sal".

Minha mãe sorria quando eu perguntava a ela sobre o amor. Voltava a ser uma adolescente de quinze anos; suas bochechas coravam, e seus olhos brilhavam com aquele brilho infantil fugido do seu quarto no andar de cima da casa de Alafif. Todos estavam vivos, exceto o meu pai. "Todos eles" parece com "toda a família", porque o número não passava de quatro ou cinco homens. Nunca ousei perguntar se ela teria preferido que um deles tivesse partido no lugar do meu pai! Talvez eu temesse que ela me respondesse com um tom confiante e tranquilo: "Pois é". Ela tinha o direito de desejar isso, mas a ideia me apavorava. E eu sei que a vida às vezes não se ajeita senão com uma morte! A vida muitas vezes nos sufoca, fecha todas as portas e janelas na nossa cara, daí a morte vem e dá à nossa vida a oportunidade de recomeçar. Não desejamos a morte a alguém a fim de vê-lo sofrer, e sim para testemunhar seu desaparecimento. A presença de alguns é pesada e amarga. Mas a morte roubou da minha mãe quem ela gostava. Roubou-o antes que ela conseguisse se separar dele. Perguntei-lhe se ela ficou fascinada por ele desde a primeira vez que o viu.

Ela hesitou antes de me responder. Então retornou ao assento na primeira fila onde se sentava para reler seu papel em voz alta, ensaiando para a apresentação da noite. Ela escutou passos lentos descendo as escadas atrás de si, mas não se virou. Os passos se aproximaram, e uma voz perguntou:

— Você está atuando nessa peça?
— Sim.
— Que pena!
— Por quê?
— Porque amanhã viajo para Paris.
— Para sempre?
— Não, vou ficar fora um ou dois anos.
— Então tudo bem, não tem "que pena!".

Esse diálogo breve foi a primeira coisa que aconteceu entre eles. Um jovem bonito, esguio, de cabelo preto e grosso, sorriso hesitante e encantador. Disse que era dramaturgo. Minha mãe nunca tinha ouvido falar dele. Então ele desapareceu "um ou dois anos". O amor começou depois que ele voltou de Paris. Amor que ardia e esfriava; sempre que se apegava a ele, o perdia. E quando sucumbia à sua perda voltava a se apegar a ponto de sufocar. Uma paixão que, minha mãe logo soube, dependia dela para seguir adiante. Então ela se ocupou dele tornando-o sua vida. Quando comecei a me entender como gente, encontrei uma mãe cansada; uma profunda infelicidade mareava o seu olhar, apesar de um sorriso que mal deixava os lábios. Sua postura ereta nem sempre escondia a flacidez da sua alma. Eu não sabia nada sobre a infância dela e sempre achei que ela tivera uma infância cruel, encapsulada em privação. Até que descobri que a coisa mais bonita que tinha vivido era a infância e a adolescência, mesmo que ela negasse. Sua infelicidade começou com aquele amor, mas ela sempre negará, eu sei. O que ela viveu com o meu pai foi talvez mais do que uma população inteira viveu! Vivia com ele para observá-lo, completando o que ele não podia fazer no seu longo dia. Ela desapareceu nele, sumiu, tornou-se ele. Passou a ser a sua sombra sem perder a habilidade de se separar dele uns poucos passos, para que ele tivesse outra sombra na qual pudesse se refugiar. Ela foi o seu espelho, para quem ele falava tudo que lhe vinha à cabeça; e ele descobriu tarde demais que aquele espelho tinha olhos, mãos e uma alma que podia se cansar. Sim, ela se tornou ele, completamente. Muitas mulheres se queixavam para ela por ele as ter abandonado, encontrando nela a versão melhorada dele, aquela que escuta, empatiza e tenta consolar a frustração deixada por ele. Ela estava tão apaixonada que ansiava sempre escutar as histórias que contavam sobre ele, mesmo se as ouvisse de outra mulher, pois seriam diferentes das histórias contadas por homens. Ela era obcecada por ele como amante e por isso vasculhava tudo para encontrar qualquer coisa que remendasse a sua imaginação e a sua experiência com ele. É como se ela compensasse com elas o que lhe faltava dele como amante. Recorria à experiência dele com outras mulheres para preencher os espaços vazios na sua experiência com ele, para completar esse amor incompleto. Era incompleto. Ele não se entregou a ela por inteiro, porque a escolheu para ser ele. A relação dele com ela era como se fosse consigo mesmo. Ele a amava e a odiava, e podia intencionar machucá-la e até matá-la. Tenho quase certeza de que, se ele tivesse vivido com outra mulher, não teria se atrevido a fazer o que fizera na presença da minha mãe. Por ela ser ele, foi experimentando nela e diante dos seus olhos tudo o que era possível experimentar, desde a depressão ao desperdício em todas as coisas, às repetidas tentativas de suicídio e.... Ele estava absolutamente confiante de que ela era a sua alma almejada. Essa alma forte, teimosa e paciente, que o protegia de si mesmo, que o salvava de cair no silêncio ou na morte. Mesmo quando partiu, ele não partiu, até que ela, "sua alma", o autorizou a partir. E acho que ele a amava como nunca amou ninguém. Ele a amava como o seu amor por si mesmo, exatamente à sua maneira; lidava com ela como se lidasse com a própria alma. Todos os relatos da minha mãe sobre outros homens, que se apaixonaram ou tiveram uma queda por ela, eram comuns e triviais. Não só porque meu pai era excepcional, mas porque ela o inventou para contar a sua história com ele. Como alguém que escreve um romance sobre o amor e espreme a imaginação para inventar personagens que não se encontram na rua, nos cafés, nem em lugar algum, exceto nas páginas. Minha mãe o inventou — e estava orgulhosa do que sua imaginação criara sobre ele. Ele conspirou com ela e a ajudou na sua invenção, encontrando um lugar entre a consciência e o inconsciente. Um lugar que não pertencia a nada, onde se refugiava dos seus medos e de um sentimento constante de desgosto em relação ao seu tempo, ao seu presente, aos seus vizinhos, à sua família e, às vezes, a si mesmo.

Pergunto a ela do primeiro amor, pergunto no café onde as paredes vão beber a história enquanto voltamos para casa, deixando os estranhos lá, pendurados nas paredes e entre a respiração dos clientes. Minha mãe demora para começar a falar sobre um amor além do seu amor por aquele homem, inventado por ela e de quem era espelho. Ela desacelera e torna a história familiar, banal e comum. Nada distinguia o seu primeiro amor de outros homens, exceto o fato de ter sido ele a razão pela qual ela se juntou ao Partido Comunista. Tinha quinze anos quando ele lhe deu de presente *A mãe*, de Máximo Górki. Minha mãe repete o nome verdadeiro do escritor, tentando pronunciá-lo corretamente: "Aleksei Maksimovich Peshkov". Ela diz que o romance abalou o seu mundo e provocou uma revolução na sua alma. Passou a se reunir com o seu primeiro amor e os seus companheiros, todos mais velhos. Eles adicionaram àquele livro frases simples, nítidas e certeiras. Disseram que o comunismo significava não haver ricos nem pobres, nem chefe, nem subalterno, e que todas as pessoas são iguais. Em seguida, seu papel ficou mais importante por ela ser a mais nova do grupo, com seus olhos arregalados, seu sorriso encantador, totalmente insuspeitável, além de carregar aquela comoção pueril que se agitava dentro do corpo. Tornou-se então encarregada da distribuição dos panfletos para os camaradas e as camaradas da vizinhança e das áreas próximas. Sua idade não lhe permitia se filiar oficialmente ao partido, mas ela se juntou a ele espiritualmente e prometeu combater a injustiça, a pobreza e a tirania. A casa da família era um campo rico para esses objetivos. Meu avô, que usava um chapéu, trazia trabalhadoras das aldeias remotas da Síria para ajudar a vó Helena; e, para que ela ficasse tranquila e confiasse nelas, largava embaixo da cama uma libra de prata, para testar a honestidade e a lealdade daquelas garotas. Minha mãe lutou sua primeira batalha contra os "poderosos": passou a informar o lugar da moeda para cada nova menina que chegava, para isentá-la da prova. Ela também resistiu à "tirania" da Marianne, a mulher pitoresca que escondia atrás do seu charme uma figura autoritária, que vasculhava os pertences da irmãzinha à procura de evidências de pecados... E eram tantos! Minha mãe escrevia as suas memórias e os seus pensamentos, como a maioria dos jovens da sua geração, e a voz da Marianne se levantava na casa árabe de teto aberto quando botava a mão em tais escritos durante as muitas investidas. Minha mãe não desistiu da sua natureza teimosa e persistente, tampouco da sua nova personagem: "comunista", ainda não regulamentada. Ela não parou de escrever. No entanto, passou a abrir o forro da longa capa grossa que seu pai lhe comprara em Beirute numa das viagens e a amontoar as folhas entre o forro e o tecido de lã; depois costurava outra vez. Marianne, que era investigadora profissional, devido à sua afeição por controlar "toda a família", não ignorou o barulho que as folhas faziam e que acabava escapando da capa quando a minha mãe a usava. Tais detalhes não passaram despercebidos por Marianne, que agarrou a capa e tateou o caminho até o lugar do barulho.

Minha mãe diz que a vida com a Marianne fazia a pessoa perder a habilidade de distinguir o pecado da inocência. Minha mãe, constantemente perdida entre épocas e memórias, ficava confusa, e a sua relação com tudo o que ela escrevia era suspeita. Ela escondia qualquer tipo de texto, como a lição de casa, por exemplo, antes de se assegurar da inculpabilidade desses papéis e de que não incomodariam a sua irmã.

Minha mãe, que pega emprestados de tempos passados um sorriso daqui e um cheiro de lá, é forçada por sua nostalgia a ficar num certo ponto, recusando-se a se mover, nem mesmo um passo. O comunismo, para ela, ainda são o livro *A mãe* e aquelas frases nítidas como um tiro. Ela estancou naquele trecho em que o tempo era "bonito". Ela não admite nenhuma falha no seu "comunismo" e, se o faz, coloca nos lábios aquele sorriso maroto de criança, uma confissão instantânea que desaparece num piscar de olhos. Como era o caso com Gamal Abdel Nasser, que encantou a minha mãe — e segue encantando. Eu a culpo por ter crescido numa casa de tendências "nasseristas" e só mais tarde ter sabido que Nasser era o inaugurador do despotismo. Digo à minha mãe que ela mexeu na história como fizeram nos livros didáticos. Ela admite, porém com dificuldade, e sua confissão vem com justificativas: "Com a morte dele, morreu tudo a que aspirávamos. É verdade que depositamos em Nasser esperanças que o superavam e o excediam, mas ele foi nossa revolução inacabada". Não sei de que revolução minha mãe fala, mas sei muito bem que ela inventou muitos sonhos e que precisava de detalhes, ilusões e imaginação. Por alguma razão, sua geração pensava que a vida só tinha valor se existissem grandes causas que pudessem levar para casa, aos cafés, às reuniões secretas, às ruas e aos becos. Se naquele tempo não houvesse nenhuma causa, eles inventariam uma que os ajudaria a respirar. Saíam pelas ruas gritando: "O Congo é árabe", denunciando o assassinato de Patrice Lumumba. Pergunto à minha mãe o que os levou ao Congo naquela época. "Éramos contra a injustiça, a tirania e as prisões!" Eu sorrio e não digo a ela que eles sofreram mais tarde todas as prisões e toda a tirania do mundo. Eles também protestavam em frente à casa de Chukri Alquwatli em Abu-Rummana, exigindo a libertação de Abbud Alkurdi, o esquentado "valentão" cuja embriaguez o levava à noite para a casa do presidente Alquwatli.

De pé sob a varanda da sua casa, com suas ceroulas largas e bigodes curvos, ele gritava: "Chukri Beey, Chukri Beeey!", esticando a vogal, aspecto condizente com sua raiva de malandro ou valentão. "Chukri Beeeeey, desce e fala comigo se for homem! Isso é coisa que se faça? Por acaso a Síria não é o território norte? Você nos entregou aos viciados. Desce se for homem! Não te nomearam Primeiro Cidadão Árabe? Desce e fala comigo, cidadão." Abbud gritava até Chukri Alquwatli abrir a porta da varanda, sonolento e com as pálpebras murchas. Implorava para ele ir embora. Dirigia-se a ele num tom ponderado, calmo e amistoso, aconselhando-o a voltar para casa naquela hora, tarde da noite. Abbud, no entanto, não se movia até ser arrastado para a prisão pelos militares encarregados de proteger a casa de Chukri Bey. No dia seguinte, eles acampavam sob a varanda do Primeiro Cidadão Árabe, como foi apelidado após a fusão com o Egito,* e só saíam na companhia de Abbud. Abbud Alkurdi voltava para casa, tomava banho, vestia roupas limpas, ficava bêbado de novo e…

---

* Em 1958, o então presidente da Síria, Chukri Alquwatli, fundiu o país com o Egito, formando a República Árabe Unida, e cedeu a presidência ao egípcio Gamal Abdel Nasser.

AO CONTRÁRIO DA MINHA MÃE, a Marianne não era politizada. Seu fascínio não combinava com a política, nem com as manifestações nas ruas e nos becos, nem com distribuição de panfletos de casa em casa. Seus sapatos pontudos de salto alto não lhe permitiam ingressar nessas coisas. Minha tia não inventou uma grande causa para poder viver. Bastava-lhe acordar cedo, encher uma bandeja de latão com pão macio e fofo e levá-la para a varanda do salão. Na noite anterior, já deixava o pão de molho na água para alimentar os pássaros pela manhã. Ela gostava da companhia deles, contava-os e admirava o seu apetite, concentrada nos bicos e nas cabeças. Sabia se ocupar o dia todo; não ficava entediada nem se sentia solitária. Sua casa, relativamente espaçosa, não se parecia com nenhuma das casas da família. Era impossível sentir-se entediado sequer por um segundo. Tantos pés ali pisaram, tantos sons encheram os cantos, tantas histórias foram contadas, que acabou abarrotada a ponto de sufocar, mesmo estando abandonada. Eu ligava para a minha tia de manhã para contornar o meu sentimento de solidão. A voz dela vinha forte e alta, como se o dia estivesse já na metade, e as vozes do mundo inteiro chegavam aos meus ouvidos. A casa da Marianne tinha um barulho especial: algazarra e ecos que não diminuíam nem calavam. Ela podia ocupar todos os quartos de uma vez só. Eu a imaginava em todos os cômodos ao mesmo tempo, distribuída aqui e ali com toda a sua

energia e o seu enorme corpo, que ganhou peso com a idade, acumulando camadas de sal que se depositaram nos pés. Seu excesso de peso não a fazia se sentir pesada, nem a súbita pressão alta a impedia de se movimentar. Andava pela casa sobre os pequenos pés a passos curtos, raspando os ladrilhos sem levantar o pé nem um pouquinho. Andava como se arrastasse a si mesma, com um sorriso estranho que não abandonava os lábios. Toda vez que nossos olhares se encontravam, Marianne sorria para mim aquele estranho sorriso, uma combinação de felicidade, satisfação e autossuficiência. De seus lábios, vinha a frase costumeira: *Te'ibrini, inchallah.**
Inchallah era pronunciado pela Marianne "inchllah", de modo que o "a" se derretia entre seus lábios volumosos, que se arredondavam sempre que ela dizia algo vindo direto do coração.

No primeiro ano da nossa estadia em Londres, ligávamos para ela todas as sextas de manhã, minha mãe e eu. Yasmina passava as manhãs do final de semana em casa, arrumando a bagunça da Marianne e suas memórias e cuidando do que teve que negligenciar durante a semana agitada de trabalho. Iniciávamos aquela sessão da manhã sagrada via vídeo do WhatsApp. Minha mãe se sentava no lugar habitual e eu me apertava ao lado dela para que coubéssemos na tela. Minha tia se sentava no lugar de sempre também, na ponta do sofá comprido, ainda de camisola estampada com flores — ora vermelhas, ora azuis, ora... Por segundos, nos fitava cheia de saudade, depois sorria e em seguida ria, diante dessa invenção que permitia que nos víssemos. Ela então cansava de olhar

---

* "Deus queira que você me enterre." Expressão comum na Síria e no Líbano; em geral, dita pelas mães aos filhos.

para a tela, logo que se dava conta de que não podia alcançar o nosso rosto nem sentir o nosso cheiro. Seguia conversando conosco, porém com o olhar se movendo ao redor do salão cheio de tralha. A imagem do nosso rosto ficava muitas vezes escura na tela, mas a da Marianne irradiava e mudava de cor devido à luz espessa que entrava pela porta da varanda e se refletia no seu rosto e na camisola florida. A Marianne falava da saudade que tinha de nós e da Ninar. Depois se lembrava da Chaghaf, e os seus olhos eram atravessados por um brilho débil de tristeza profunda, mas que rapidamente sumia; então ela pressionava os lábios por um segundo como se mastigasse a tristeza antes de engoli-la. Algo havia morrido na alma da Marianne com a morte da Chaghaf, por mais que o mastigasse, engolisse e se recusasse a dizê-lo. É verdade que sua relação com a Chaghaf não era igual à que tinha com a Ninar, mas isso não importa quando se fala da derradeira partida. Eu tinha certeza de que a Marianne não suportaria a partida da Ninar como suportou a da Chaghaf; não conseguiria mastigá-la com seus brancos e perfeitos dentes. A Ninar permaneceu pequena mesmo depois de crescer, enquanto a Chaghaf já tinha nascido grande, madura e rebelde; inventava as histórias só para poder contá-las para nós. Eu perguntava para a Marianne se ela ainda tomava o remédio e o seu antídoto; ela ria até os olhos lacrimejarem, era engolida pelo riso, ficava ausente, depois se calava.

Então ela ficou ausente e se calou... Talvez porque não suportaria a partida da Ninar.

Eu não estava em Londres. Não sei se a Marianne teve a intenção de ir embora naquele dia em particular, se foi o seu desejo. Eu não teria coragem de olhar a minha mãe nos olhos. Eu, que a havia sequestrado da sua tranquilidade e do que lhe sobrara de cheiros, de onde recordações se misturavam com o azeite de oliva. A fim de proteger a minha alma para não cair em algo além do que pudesse suportar, eu me ocupava com os outros. Pego o telefone, falo com a Yasmina em Damasco, com a Ninar em Paris e com a minha mãe em Londres, consolo-as como se estivesse fora da história, como se a Marianne não fosse a minha tia, a quem eu chamei de "mamãe" assim que aprendi a falar. Talvez a Marianne quisesse ir embora enquanto estivéssemos espalhadas aqui e ali. Queria abrir mais espaço na sua alma para a visita de cada uma de nós separadamente. Queria nos dar um espaço isolado para refletir sobre a nossa dor, para retomar os últimos momentos com ela, chorar sem misturar as nossas lágrimas. Minha mãe, que não tinha os documentos para viajar (e ainda não os tem), enterrou a sua única irmã a partir de Londres. Certifiquei-me de que a minha tia estivesse, na sua última viagem, onde ela queria estar. Porque a minha tia, cristã até o último suspiro, teve que mudar de religião após a morte do marido, a fim de manter a custódia da Chaghaf e da Ninar. No entanto, rezaram por ela na igreja perto da sua casa, onde passava um tempinho toda vez que saía. Foi enterrada sobre a sua mãe, Helena, a quem chamava de "irmã", e da sua avó, Hanne, a quem chamava de "mãe". Plantaram o túmulo com flores, e Hanna continuava sozinho perto delas, incapaz de tocar "Mamãe Grande", por mais que estendesse a mão.

A YASMINA, QUE ENTERROU A CHAGHAF, sua mãe, e em seguida a Marianne, sua avó, não teve mais sorte que as outras mulheres da família. Mesmo vivendo a maior parte da sua infância e da adolescência com o pai, ele não era como ela desejava. Ele a amou como um pai ama a única filha de um primeiro casamento, que não tinha durado muito. Sua relação com ela era ainda mais complexa. Ele a culpava por todos os seus erros e alterações. Lembro-me dele nitidamente, como se fosse ontem. Um jovem de vinte anos, magro e alto, com ombros estreitos e peito raquítico; seu rosto sardento tinha feições delicadas, os olhos luziam com graça, irradiando gentileza e inocência. Pois é, ele já foi esse jovem bonito, em cujo corpo o entusiasmo pululava e o coração batia de amores pela Chaghaf, que conheceu por acaso na União Soviética, onde estavam estudando: ela, engenharia e ele, medicina. As coisas que os uniam não eram essenciais, mas bastavam para pensarem em se envolver. As ideias comunistas e o exílio compartilhado, os copos de vodca que bebiam com amigos todas as noites e, claro, o esplendor do primeiro amor e a necessidade de pertencer a outro corpo. Ela tinha apenas vinte e dois anos quando voltou para Damasco com um homem desconhecido, que terminou a faculdade de medicina, e uma menina muito pequena chamada Yasmina. Nunca perguntei para a Chaghaf quando foi que o seu marido começou a mudar. Eles dormiram à noite com os balbucios da criança e, quando acordaram, ela não encontrou quem amava? Ele passou a se queixar muito dela e das suas roupas leves e voltou às cinco orações. Não podia mais tolerar o cheiro de vodca ou de qualquer outra bebida alcoólica. É como se Moscou tivesse sido uma estação temporária e fugaz, e a sua pequena cidade lhe tivesse devolvido o juízo! Lembro-me de que uma noite ele bateu nela depois de uma briga sobre valores e ética. A Chaghaf o deixou com as suas orações e a sua nova vida em Sarmada e ficou em Damasco na casa dos avós com a filha. Assim que conheceu outro homem, decidiu se casar com ele. O pai da criança entrou na Justiça e recuperou a guarda da filha. A Yasmina nos deixou forçada, partiu para o interior de Idlib, onde viveu o resto da infância e a adolescência. No entanto, foi arrancada daquela suposta infância, vivendo com um pai que não era quem ela queria que fosse. Assim que ela botou os pezinhos em casa, ele jogou o véu na cabeça dela, instruindo sua infância com lições de *halal* e *haram* e obediência. Não sei se ela o amava, nunca me atrevi a perguntar. Lá, naquela casa, cujas paredes foram construídas na minha imaginação conforme o que a Yasmina me contara, ela viveu com o pai, sua esposa e, depois, com seus dois filhos. Aprendeu tudo o que transforma uma garota numa esposa tradicional. Aprendeu a fazer as comidas mais difíceis e mais deliciosas, e as suas pequenas mãos racharam-se de tanto cloro misturado com água para esterilizar o chão. Seu corpo esguio se arredondou, os músculos ficaram salientes devido ao trabalho de limpeza — que requeria agachar e levantar várias vezes e depois erguer os braços para alcançar prateleiras altas. Não sei se essa suposição é maldosa, mas ele a ensinou a ser igual a qualquer mulher, exceto àquela que o encantou em Moscou, com quem se casou e teve uma filha. Um sentimento de culpa envolvia a minha relação com a Yasmina, e talvez ainda seja assim. Nasci apenas um ano antes dela. Crescemos juntas na casa de Alafif, chamando a Marianne de "mamãe" e a Helena, de avó. Frequentamos as casas vizinhas para passar o tempo e nos perder nele. Brigamos muito, nos divertimos muito. Fomos para a mesma escola, brincamos no grande pátio e comemos as merendas trazidas de casa depois de trocá-las. De bom grado, eu trocava com ela o sanduíche da minha mãe, que se parecia uma obra de arte, e ela me dava o sanduíche "molhadinho" da Marianne, que gotejava azeite pelos poros. Então o pai dela a levou, e ninguém mais me acompanhava nas minhas andanças pelas casas da vizinhança no bairro Alafif, nem brincava comigo no pátio da escola. Ela me deixou com as obras de arte que eu carregava na minha malinha todas as manhãs. Sempre que a Yasmina ligava, eu tinha vergonha da minha voz. Imaginava-a no seu quarto contando os azulejos de cor e diminuindo a velocidade perto do número 20, lembrando-se do arranhão que ficou naquele azulejo específico. Eu tinha vergonha de estar em Damasco e de nada ter mudado na minha vida, enquanto a dela havia se transformado e a sua voz, adquirido novas camadas. Ela me perguntava sobre todos os detalhes do que estava perdendo, e eu mergulhava cada vez mais fundo na minha vergonha. Ela me pedia que contasse da escola, de Abu Ahmed, que abria a porta do pequeno quiosque todas as manhãs para nos vender saquinhos de bala e, toda vez que ele se curvava para pegar um saquinho daqueles, seu rego despontava das calças velhas e caídas. Ela indagava sobre as lições de solfejo que tínhamos com o mesmo professor. Eu me derretia, suava e o desejo de desaparecer saltava diante dos meus olhos. Ela não ficava satisfeita com as respostas breves; arrancava as palavras da minha boca e atiçava a minha memória para colher mais. Ela queria imaginar a nossa vida como era e recuperá-la pelo telefone, mesmo que por alguns segundos. E eu, nos poucos momentos de silêncio, não conseguia elaborar nenhuma pergunta. Todas eram vazias e ridículas. Perguntar sobre a nova escola em Sarmada e sobre os colegas? Perguntar como vão as tardes e se o número de azulejos ainda era o mesmo? Perguntar se o cabelo dela ainda era encaracolado como o da Ninar, ou se o véu o deixara mais liso e menos grosso? Aquele momento de silêncio costumava se prolongar e a ligação geralmente terminava ali, e cada uma voltava ao seu mundo e à sua imaginação. Então, quando ela retornou para nós, era outra Yasmina. Arrancou o véu já no caminho de Sarmada para Damasco. No entanto, as camadas de fadiga não abandonaram o seu corpo minúsculo. Voltou com um corpo de apenas dezoito anos, mas nos seus olhos havia um brilho constante e perdido que a fazia aparentar ter quarenta. Ela, que lutou com a vida cedo, ficou com o temperamento áspero. Havia um sentimento de injustiça evidente no seu olhar. Todas nos sentimos culpadas pelo que a Yasmina viveu naqueles anos. Para gerenciarmos essa sensação pesada, colocávamos a culpa no seu temperamento áspero e na sua natureza difícil e complicada. A Chaghaf era quem se sentia mais culpada e, para se defender desse sentimento, ela desdenhava e provocava a filha. A Yasmina não queria nenhuma briga, estava apenas cansada; tudo que desejava era uma segurança estável e, talvez, nossa compreensão pelo sofrimento que passou. Estávamos ocupadas com o seu retorno e esquecemos de perguntar a ela sobre aqueles anos!

Toda vez que ela se apaixonou, a Marianne se opôs. Inventava desculpas e achava todos os problemas do mundo naquele amor. Após a terceira vez, soubemos que a objeção da Marianne não era real. Ela só queria manter a neta ao seu lado. Acostumou-se com a presença dela em casa, com os seus passos nos degraus e o cuidado extremo de arrumar perfeitamente a casa. A Yasmina era a garota perfeita para a Marianne. Não se opunha a ela; tinha uma rara habilidade de absorver a raiva da avó. Ela compreendia a sua personalidade exigente, se preocupava mais com ela e com a sua saúde do que nós. Talvez por termos vivido com a Marianne por mais tempo, estávamos acostumadas às suas doenças e à leviandade com que lidava com qualquer cansaço ou fadiga. Já a convivência da Yasmina com essas doenças era recente; ela ficava com medo, corria e chamava os médicos, ou a levava para os postos de emergência próximos de casa. A Yasmina ainda não tinha desistido, ou se cansado, de ficar atrás da avó como de crianças. Ela a seguia para a cozinha, ficava no seu caminho para a sala, por medo. A Marianne, que não parava de reclamar, ficava feliz e satisfeita com a preocupação da neta. Nela, a Marianne recuperou nossos supostos papéis, nós, as ausentes e cansadas. Só a Yasmina tinha a habilidade de se ajustar a ela, de escutar as longas e intermitentes conversas.

Aquele terceiro amor causou muita dor. Começou alguns meses antes da revolução. Numa distração nossa, Yasmina se apaixonou por ele. Esse cochilo fez com que o primeiro encontro dele conosco fosse leve e suave, porque lhe deu tempo suficiente para saber muito a nosso respeito mesmo antes de nos conhecer. Seus olhos e risadas ainda não tinham deixado a infância. Havia um fascínio que pairava no seu olhar, que não dava a quem o mirasse espaço suficiente para acomodar os seus trinta anos. Ele a amou por nós. Deu-lhe tudo que ela perdera na vida. O amor deles era bonito demais para ser real.

Um amor sem nenhum defeito. Até a Marianne o amava, como amou a sua família. Eu fiquei apreensiva com a reação dela depois da primeira visita à casa dele, dos "muçulmanos". Ela voltou impressionada com eles, como se tivesse ido fazer uma visita à igreja próxima de casa. O critério de amor da Marianne se refletia na capacidade que ele tinha de atender à sua alta demanda de ajuda nos assuntos e necessidades da casa. Todo dia ela lhe atribuía uma missão, e todos os dias descobríamos o quanto ela o amava. Ele partiu antes da Chaghaf e da Marianne e não conseguiu consolar a Yasmina, enxugar as suas lágrimas e acalmar o seu lamento. Era como se a morte delas não fosse se consumar, se ela não as carregasse sozinha, nas suas pequenas e delicadas mãos. Eu olhava nos olhos dela, via o vazio crescer e se expandir, até ficarem mais largos do que antes, espantados e perdidos. É incrível a dose de dor que pode nos habitar em pouco tempo sem que possamos assimilar! Eles partem entre um suspiro e outro, num piscar de olhos, a alma transborda, não consegue suportar a dor. Como o pequeno corpo magro da Yasmina pôde aguentar toda essa perda? E aquele vazio escondido no olhar dela? Sempre me pergunto o que está procurando. Será que ela vê todas as sepulturas ao mesmo tempo? A Yasmina, que teve uma infância miserável, fortificou a alma com portas trancadas que eram difíceis de abrir. Assim que a revelação abre uma porta, outra aparece. A entonação da sua voz era também imune, na sua frequência e ritmo monótonos. Eu nunca pude lhe perguntar como ela se sentia a respeito daquelas pesadas partidas, o apagamento de uma alma após a outra. Havia algo na rouquidão da sua voz que insinuava que tal pergunta estava fora de contexto, que era loucura. As partidas sucessivas não nos deram a longa e completa dor que cada uma delas exigia.

Assim que o período de luto, repleto de pessoas e de enlutados, passava, uma nova terra se ajeitava sobre um outro corpo e o chão se firmava sob nossos pés, para podermos lamentar e chorar, até que nos ocupássemos de outra partida. Além disso, o que aconteceu e continua a acontecer une os sírios na morte, na vida e na insanidade.

Quando não se pode visitar o túmulo de uma pessoa querida, o coração se torna um cemitério. A Yasmina enterrou o namorado em Istambul, onde ele morreu nos seus braços num piscar de olhos. Ela arrumou para ele uma sepultura adequada, ornamentou-a com flores e voltou para Damasco trazendo um túmulo no coração — ela, que não poderia visitá-lo tão cedo. Eu estava em Beirute no dia em que ele partiu. Fixei o olhar na cadeira de madeira na qual tinha se jogado semanas antes, quando nos visitou a caminho de Damasco, e daí para Istambul. Sim, ele estava sentado na minha frente algumas semanas antes. Comendo arroz e ervilhas com um apetite exagerado. Perguntou à minha mãe sobre o segredo daquele sabor de tirar o fôlego. Ele degustava cada bocada, levantava a cabeça um pouco, de olhos fechados, como se meditasse. Estava alegre, porque a Yasmina logo se juntaria a ele, para se casarem e viverem lá, longe da solidão. Eu olhei para a cadeira de madeira e pensei na sua partida, naquele amor muito mais bonito do que real. Ele simplesmente se foi, porque era sírio. Foi preso no início da revolução, enquanto participava de uma manifestação, e com o susto desenvolveu diabetes juvenil. Ele, que tinha apenas trinta anos, foi para Beirute e depois para Istambul com um corpo diabético e grandes sonhos radiantes!

Minha mãe também carrega no coração todos aqueles túmulos. Sentada na sua cadeira habitual na pequena sala, à espera de fotos que a Yasmina enviava nas suas visitas ao túmulo da Marianne e da Chaghaf. Meditava sobre aquela área fechada plantada com rosas, examinava-a e se alegrava se vislumbrasse uma nova flor brotando dos corpos. Ela me perguntou quanto tempo levava um corpo para se desfazer e desaparecer. Escutei a pergunta e me calei. Sei que ela não esperava uma resposta — há perguntas que a minha mãe faz apenas para que fiquem suspensas no ar.

A vida não deu ao corpo da Yasmina a chance de escapar. Assim que ela tirou o véu para viver, seu corpo ficou envolto em vestes de tristeza, dor e infortúnio. A Yasmina mora sozinha naquela casa grande demais para o seu corpo magro. Ela ouve o silêncio e observa o cheiro que emana de cada detalhe da casa e da sua bagunça. Fez questão de manter o caos como estava, como a Marianne deixou quando a levaram pela última vez para o hospital. A Yasmina luta com o apego exagerado por limpar e esterilizar, e tira o pó devagar com medo de que o cheiro desapareça com os dias. Cruza o salão em direção ao seu quarto, no centro da casa. Passa em frente ao quarto da Marianne, olha pela porta estreita e sente falta do enorme corpo da avó deitado na cama com o olhar atravessando a varanda até os enormes ciprestes na colina em frente à casa. Então, passa na frente daquele pequeno quarto que era um lar para toda a família. Ela ocupou aquele quarto por pouco tempo depois que os pais se separaram, antes de viajar para o interior de Idlib para ficar com o pai e a família dele. Depois, foi ocupado pela Chaghaf em períodos intermitentes, entre um casamento e outro, ou quando o mundo fechava as portas e ela só encontrava aberta a porta da Marianne. Quando a Yasmina voltou para nós e encontrou outra família, de feições e temperamentos transformados, ela não ocupou o quarto habitual; não queria voltar para o mesmo lugar de onde foi arrancada e se instalou no quarto que estava bem no centro do corredor, entre o salão e os três quartos. Depois de se separar do marido, a Ninar retornou e se instalou naquele quarto, cujas paredes transbordavam os cheiros de todos nós.

    Toda vez que eu visitava a casa da minha tia e me cansava do barulho da família, eu calmamente me esgueirava para o quarto dela, fechava a porta e deitava na cama que ficava de frente para a dela. Eu só poderia encontrar tranquilidade no quarto da Marianne. Uma sensação de leveza emanava das paredes, enquanto as dos outros dois quartos eram pesadas com memórias e dor. Seu quarto não pertencia a nada, dava a quem o habitava uma sensação de não lugar, e isso desfazia a sensação de confusão e ansiedade. Seu quarto adquiriu, com o tempo, algo da sua alma — Marianne, que não era politizada como o resto da família, cujo humor não a impedia de ter conversas matinais, antes de beber café, fumar e meditar sobre a vida, como acontecia com os outros. Minha mãe acordava duas horas antes de nós para tomar café, fumar dois cigarros e recuperar a consciência. A Chaghaf acordava vagando e tateava o caminho até a cozinha para fazer café; precisava de longos minutos para se encontrar. Sua manhã era uma série de trabalhos forçados. Despejava água fria na xícara, em vez de colocar na chaleira. Acendia o fogo e se esquecia do motivo. Momentaneamente esquecia por que estava na cozinha, por que acordou e o que estava acontecendo nesse estranho mundo! A Ninar também acordava apressada como se fosse perder o trem, corria para o banheiro em vez da cozinha, depois despertava mais um pouco e tomava com dificuldade o caminho para a sala; descobria que não podia fazer o café ali e então dava uns passos para trás e entrava na cozinha. E assim... como a Marianne não tinha nenhum temperamento matinal, ela tornou a cozinha totalmente inadequada para quem tinha tal temperamento. O caos reinava e não havia um lugar específico para café, açúcar, água e leite. Todas as noites ela os mudava de lugar, e muitas vezes encontrávamos açúcar dentro do pote de café. A Yasmina passa diante dessa memória pesada, olhando para os dois quartos, repletos de vazio. Entra no seu quarto e fecha a porta para as vidas que se apagaram de uma só vez.

ALGUNS ANOS DEPOIS QUE A SUA ÚNICA IRMÃ, que era mais velha, partiu, foi a vez da sua mãe. A Ninar sentiu medo. Ela, que temia a morte na mesma medida que temia a vida, não se assustava com as doenças dos outros, nem a sua vida era afetada pela morte de alguém próximo. Ela tinha uma habilidade rara de controlar coisas e sentimentos. Havia uma parede que a isolava de tudo que a cercava ou que cruzava a sua frente. Ela tinha uma relação forte com o meu pai, por exemplo, que sempre ocupou o lugar da figura paterna na sua vida. Confidenciava a ele o que não podia contar à minha mãe ou à minha tia e o consultava nos mínimos detalhes. Ela estudou literatura francesa a seu conselho e lia o que ele indicava. Ela se apaixonou conforme o gosto dele e deixou de namorar alguém porque ele não aprovava. Mas eu me lembro muito bem daquela tarde, quando ela veio à nossa casa e o meu pai (nosso pai compartilhado de certa forma) estava agonizando no quarto do hospital. Lembro-me de ter trancado as janelas do salão um pouco antes, para evitar ver o pôr do sol. Sinto uma solidão terrível com os vestígios do sol. Aquela luz que desaparece lá longe na linha do horizonte some no meu peito e aumenta minha depressão. Ela se sentou perto de mim no sofá de veludo verde-oliva; estávamos sozinhas naquele grande salão, cujas paredes pareciam se estreitar, e no lugar mal cabia os nossos corpos. Olhou-me nos olhos com ternura excessiva; então disse num tom sério:

"Você sabe que o tio vai embora muito em breve". Eu queria poder bater nela naquele momento ou enfiar os dedos no seu longo cabelo crespo, e desta vez não para acariciá-lo, dando a ela a dose de ternura que precisasse, mas para puxá-lo e para machucá-la. Fiquei calada e chorei. Ela me abraçou fortemente e disse: "Não chore. Não chore...". A Ninar raramente chorava. As lágrimas escorriam dos seus olhos nos momentos errados. Seu estranho senso de vida não a ajudava a distinguir quando nós — seres humanos comuns — choramos e quando apenas nos calamos e ficamos tristes. Ela chorava por coisas que eu considerava banais e sorria para outras que eu julgava terríveis. A Ninar não cresceu e a vida e a experiência não lhe deram flexibilidade para às vezes negociar, desistir ou ser compassiva. Não cresceu porque ela adquiriu uma doença que se assemelhava muito a ela e combinava com a sua natureza teimosa e rigorosa. Mal chegou à idade em que os nossos sentimentos amadurecem, quando a vida muda nos olhos, e a sua doença a fez perder a consciência. Quando ela acordou, encontrou-se vivendo em outra época. Acordou com um corpo maduro e flexível de quarenta anos e com uma memória de vinte, que fervia de entusiasmo e transpirava rebeldia contra tudo. Seu espírito não aguentou amadurecer nem entendeu que, quando crescemos em cidades como as nossas, as calamidades e um sentimento de vazio, de desamparo e de aversão crescem conosco. Ela escolheu voltar aos vinte anos, onde a vida era linda e os sentimentos, frescos, antes de serem tocados pela escuridão dos dias. Acontece que ela ficou com medo depois que todas partiram. Talvez porque não tenha podido se despedir delas, olhar os corpos adormecidos, ou talvez por sentir que a morte já estava desafiando as mulheres da família e se aproximava. Ela tingiu o cabelo de branco, depilou as pernas esbeltas e os longos braços, fortes como os de uma ginasta. Recuperou, de repente, sua feminilidade esquecida. Tornou-se cuidadosa com coisas nas quais nunca prestara a menor atenção. Acordava cedo na sua pequena e solitária casa (ela não a achava solitária), a cerca de uma hora e meia de Paris. Preparava o café, ouvia música e gostava da solidão. Ela se ocupava como a Marianne fazia, enchia sua casinha de barulho. Desde jovem, a Ninar costumava se ocupar e ficar alheia a nós. No inverno, ia a pé para a escola, a mesma escola onde a Chaghaf havia estudado e, mais tarde, eu e a Yasmina (antes de ser levada para o interior de Idlib pelo pai). No verão, sentava-se no chão do beco ao lado da casa do meu avô em Alafif, espalhava na frente dela chocolates, biscoitos, balas e às vezes figos-da-índia. Com a voz rouca, gritava: "Frutinha gelada, para refrescar o coração, olha a frutinha!". Uma vez, a Marianne escutou-a gritando: "A lambida por um tostão, um tostão por uma lambida". Foi assim que começou seu negócio vendendo pirulitos. Depois ela passou a vender a lambida separadamente. A Marianne saiu pelo bairro e viu os meninos amontoados em torno da Ninar, a língua fora da boca, esperando para dar apenas uma lambida. Mesmo depois de se tornar atriz e uma estrela de televisão, a Ninar continuou a sonhar com projetos de negócios que lhe dariam independência financeira e a pouparia de ter empregos que não combinavam com o seu temperamento tosco. Todos os projetos falharam. Até o projeto teatral que ocupou a sua vida durante dois anos foi roubado dela por uma amiga que teve a ajuda da União Revolucionária da Juventude. Certa manhã, seus integrantes entraram na Casa Árabe, com muitas salas dispostas nos seus três andares, que a Ninar havia transformado num centro cultural independente, e a ocuparam. Eles ficaram e ela saiu com os seus alunos e com muita frustração e tristeza. O cérebro não suportou toda aquela frustração — que geralmente começa quando entramos numa determinada idade e experimentamos o significado de estar nesses lugares — e por isso explodiu depois de apenas um ano, e ela entrou num breve coma. Acordou com uma memória incompleta, meia memória; livrou-se da memória recente, a frustrada e a infeliz, e manteve sua memória distante, quando a vida era mais simples e mais leve. Ela voltou para o beco, vendendo chocolate e balas, quando "toda a família" ainda agitava o lugar. Na sua cama, no quarto de terapia intensiva, ela chorou o seu pai, o meu pai e o avô dela. Ela perguntou sobre os homens da família e recobrou a sua tristeza renovada, de cortar o coração. Embora tivesse conhecido o pai, sua memória foi para lugares onde nunca havia pisado, de tanta frustração. Ela, que raramente chorava, chorou copiosamente, as lágrimas escorriam quentes pelas bochechas flácidas e pálidas. Então a memória dela se refugiou no último homem ainda vivo, o marido. O marido que não era mais marido havia anos. No entanto, ele pertencia à parte presente da memória, mesmo não se lembrando da separação e de quanto sofreu quando ele a deixou, e o quanto ela se sufocou à noite tentando encontrar o cheiro dele na atmosfera do quarto. Ela chorou amargamente quando soube que estavam separados e que ele não era mais como deveria ser. Então esqueceu o homem com quem ela estava no momento do derrame. Completamente ausente da sua memória, sumido sem nenhuma maneira de recuperá-lo. Consigo vê-lo ao lado da cama do hospital, com os olhos azuis olhando para os olhos da Ninar. Quando foi que esse pequeno círculo cinza se formou na sua pupila direita, tornando-a diferente da outra? Quando os olhos dela ficaram coloridos? Teria nascido com os olhos de cores diferentes? Ou a cor se expandiu à medida que eles se expandiram e foi se alargando aos poucos? Será que o acúmulo de imagens e cenas na sua memória se refletiu no seu olho direito, criando esse pequeno círculo? Uma vez ela disse que o reflexo do cabelo preto dele tinha se fixado no seu olho direito. Essa frase ecoou na cabeça dele, e o olhar perdido dela também mexeu com a sua memória. Como pôde a enxurrada de sentimentos que agitava aquela alma apenas alguns dias atrás desaparecer, deixando-a vazia?! A memória diminuída da Ninar o expulsou e, sem perceber, deixou-o pelo caminho entre a casa e o hospital, junto com outras memórias.

Tivemos que conhecer a Ninar de novo e acompanhar o que a memória dela guardava de nós e sobre nós. Depois que ela acordou do coma, não era ela, mas sim a adolescente que aparece numa das fotos sentada perto da minha mãe, com feições raivosas, fazendo bico na frente da lente da câmera, só porque a tia a forçara a usar um vestido curto. Ela voltou ao seu corpo juvenil, rebelde contra tudo o que mostrava sua feminilidade.

Algumas horas antes da sua cabeça explodir, eu estava com ela no bar Chez Nous. Eu tento, sem sucesso, lembrar o nome da praça com vista para o bar. Como a Ninar, perdi a memória recente relacionada a Damasco, enquanto os nomes dos bairros, becos e cafés que conhecia na infância continuam presentes com todas as suas letras. Mas lembro-me de que o Chez Nous era um dos bares que foram abertos quase dois anos antes da revolução e que era frequentado por quem restara da classe média. Lá, todo mundo se conhecia e se cumprimentava. Estávamos sentadas à mesa no meio do bar, a mesma mesa que ocuparíamos um ano e meio depois, com a cabeça levantada em direção à tela fixada na parede; nossos olhos pingavam alegria enquanto ouvíamos o general Omar Suleiman anunciar a renúncia de Hosni Mubarak da presidência. Naquela época, estávamos bem próximas, enquanto a relação da Ninar com a minha mãe e com a mãe dela estava morna e tensa. Certa noite ela adormeceu e depois acordou com aquela memória distante, quando ela e eu estávamos constantemente em desacordo e a adolescência tinha perturbado a nossa relação. A memória dela restaurou, no entanto, aquela relação confiante e íntima com a minha mãe e com a minha tia. Trocamos os papéis e passamos a viver o presente com os sentimentos do passado distante. Foram necessários anos para recuperarmos o equilíbrio no que se referia à relação de cada uma de nós com a Ninar. Tínhamos que esquecer, como ela; tomar emprestada a sua memória incompleta. Fizemos um grande esforço, a Chaghaf, a Yasmina e eu, para restaurar a nossa relação com ela, enquanto a Marianne e a minha mãe trouxeram a Ninar do tempo da infância, de quando era aquela criança mimada que só queria colher delas ternura e calor.

A Ninar sempre foi a mais querida da Marianne. Toda aquela tirania desabava diante dela, que se submetia aos seus desejos. O amor da Marianne pela filha mais nova não era como qualquer amor. Ela a admirava por inteiro, até mesmo por suas loucuras. Se a Ninar fizesse algo que a mãe não gostava, ela fechava o olho, justificando e inventando desculpas que permitissem a ela fazer o que tivesse feito! Além do mais, ela acompanhava as nossas fofocas, uma após a outra, e a nossa zombaria, até que tocássemos na Ninar; aí ela se calava, escutava apenas, sem participar, ou cruzava o nosso caminho, onde deixava alguns palavrões. Marianne a amava e a admirava tanto que a tornou páreo para ela mesma. Apenas a Ninar ousava discutir com a Marianne, e às vezes gritar com ela. E naquela competição a Ninar não sabia que ela não levava o crédito, mas que era a Marianne quem a tinha escolhido como páreo teimoso e rigoroso. A Marianne, que nunca teve grandes questões na vida, fez da Ninar a sua causa. Gostava de quem gostasse dela e odiava qualquer um que a odiasse ou machucasse. Pela primeira vez na vida, a minha tia mencionou a União Revolucionária da Juventude, porque expulsou a sua amada filha e roubou o seu projeto. Pela primeira vez na vida, ela passou a se interessar por política após a revolução, acompanhando os mínimos detalhes das manifestações e dos piquetes nas cidades sírias, porque a Ninar estava entre os manifestantes e foi detida durante dias; e porque ela viveu a revolução a cada segundo com a sua memória fresca de vinte anos. A Marianne passou a se comportar como uma adolescente rebelde; pegou emprestada a memória incompleta da Ninar, na qual o entusiasmo pela revolução não arrefeceu, como aconteceu com o nosso entusiasmo, os donos da memória completa. A Chaghaf também participou das manifestações, carregou a bandeira da revolução e subiu num dos palanques do interior de Damasco: "Viva a Síria, fora Bashar Alassad", ela gritou. No entanto, sua atitude e seu entusiasmo não transformaram a Marianne em revolucionária ou interessada em política. Apenas a Ninar conseguiu levar a mãe de oitenta anos para os palanques da política, para as reuniões clandestinas e a escrever cartazes e frases revolucionárias. Ela ficava na frente da TV o dia todo, mudando de um canal de notícias para outro, para acompanhar uma revolução com a qual nunca sonhou e nunca se importaria se existisse ou não. Então, quando a Ninar fugiu de Damasco, a Marianne não se opôs. A fonte da sua não objeção era o medo de que ela fosse prejudicada. Suportaria os anos de separação, morreria sozinha sem uma família. Era suficiente para ela fechar os olhos, sentindo-se tranquila porque a sua amada estava longe do perigo. Mais tarde, aquela separação a cansou e enfraqueceu a sua resistência. Sentiu que, se resistisse à morte por alguns meses, encontraria o que era mais duro que a separação... a perda.

OITO MESES APÓS A PARTIDA DA CHAGHAF, chegamos, minha mãe e eu, a Londres, vindas de Beirute. No mesmo dia, a Ninar chegou a Paris, vinda de Amã. Era como se tivéssemos perdido, com a partida da Chaghaf, uma pequena parte de Damasco e nos distanciado um pouco mais dela. Minha mãe, que vive sem documentos, sem identidade, arrancada da sua casa, não pôde viajar para Paris para encontrar a Ninar. Eu tenho que admitir que, com o passar dos dias, seus movimentos diminuíram. Como se a sensação de paralisia motivada pela identidade perdida tivesse estacionado nas suas belas pernas, tornando-as pesadas, e se depositado nos seus pés, como o sal nos pés da Marianne. Entro no quarto da minha mãe nessa casa em Londres quando sou invadida pelo ruído e pela inquietação, como costumava fazer na casa da minha tia. Lá, eu me cansava do ruído da família; aqui, é o silêncio que me incomoda, que a cada segundo declara o desaparecimento daquela agitação e o esvair da alma. O quarto da minha mãe também é calmo, cheio de sossego, porém de outro tipo. Ela o arrumou como fez com todos os quartos em que viveu, incluindo os de hotel. Ela sempre levava as suas coisinhas, transformando o lugar onde pernoitava em lar, como se tivesse passado nele uma vida inteira. Há uma foto do meu pai que ela apoia numa prateleira ou na mesinha perto da cama dela. Outra foto minha com o meu pai e os pais dele. Seu chapéu cor de oliva pendurado em algum lugar. O Zizo foi presente do pai dela quando ela fez catorze anos; usava pijama verde. Imaginava-o recheado com arroz ou lentilha quando eu o agarrava para brincar; suas feições não eram muito nítidas; ele parecia um bebê grande, com uma parte do rosto derretida e alguns traços apagados. Uma vez, a primeira e última, meu pai teve que trocar a lâmpada do salão — logo ele, completamente ignorante nessas coisas — e só encontrou o Zizo para pegar na lâmpada quente e girá-la entre os dedos; uma parte do rosto do Zizo derreteu. Minha mãe diz que ele não quis fazer isso, mas eu sei que ele fez de propósito, porque não suportava que ela fosse apegada a alguém além dele, nem mesmo a um boneco. Há também um cinzeiro muito pequeno, feito de prata na forma de uma caixa com uma tampa colorida. Minha mãe carrega o seu cheiro para todos os lugares em que vive. Abro o pequeno guarda-roupa no quarto dela, e dele se esguieira o cheiro de todos os guarda-roupas nas casas onde moramos em Damasco. Há também caixas de perfumes e cremes corporais, que usa com moderação exagerada, até que cheguem a expirar e mudar de cor pelo efeito dos anos. Uma vez meu pai lhe trouxe de uma de suas viagens a Paris um vidro de creme perfumado. De tanto que gostava do seu perfume, evitou usá-lo para não acabar: "Dá dó". Depois de muitos anos, ele perdeu a fragrância e a textura cremosa, mas ela continuou a usá-lo com parcimônia. Porque a primeira fragrância permanece firmemente na memória da minha mãe, e não há como removê-la ou substituí-la. Então notei como uma nova coleção de fotografias foi sendo adicionada em estágios intermitentes. Na primeira casa em que moramos em Beirute, uma foto da Yasmina com o namorado, que a caminho de Istambul passou uma noite conosco antes de partir, foi adicionada. Na segunda casa, minha mãe pendurou uma foto da Chaghaf, olhando dengosa para o fotógrafo, não para a lente da câmera. Na nossa primeira residência em Londres, a foto da tia Marianne se juntou ao resto das fotos. E em nossa segunda casa...

"A vida inteira é um instante", uma frase que escapou dos seus lábios certa manhã, com uma paradinha no "s", que durou mais que um segundo, mais que a vida toda... Minha mãe não costuma repetir as frases feitas que se veem nas mensagens e nas redes sociais. Como: "Seja tudo para si mesmo", ou: "Se você não gosta do lugar onde está, se mude, você não é uma árvore", ou: "Trate as pessoas com a sua moral, não com a moral delas". Sua frase não pertencia às frases feitas. Ela diz que podia passar na memória a fita da sua vida inteira — que a essa altura já passou de setenta anos — e que isso não levaria mais que um instante. Fiquei horrorizada com a ideia e senti um medo profundo que abalou a minha já frágil estabilidade. Um instante não é o bastante para eu amá-la como se deve e o quanto ela merece. Um instante não é suficiente para eu lhe devolver o pertencimento e a identidade — e um documento de viagem que nos permitirá sair desta prisão. Será que um instante poderia nos levar a Damasco como se nada tivesse acontecido? Pensei muito no efeito dessa frase e no medo que senti do seu impacto. Minha mãe falando da vida falava sobre a morte. A morte é o que leva apenas um instante, não a vida. Minha mãe vive na morte, na companhia de quem morreu. Ficou perdida entre as duas estações e não distingue mais a vida da morte. Ela dorme à noite, encontra-se com eles e morre com eles. Então ela acorda com preguiça; ela, que costumava acordar horas antes de todo o povo da casa, para limpar seus sonhos e absorver o despertar.

Com os pés, semiparalisados, abre os olhos com dificuldade como se fossem duas portas de aço.

Fico de pé perto da sua cama, desperto-a devagar e me pergunto como aquele sono profundo junto aos que morreram desaparece com um único sussurro. Minha mãe, que à noite despenca na morte assim que meus passos lentos se aproximam dela, tenta abrir os olhos pesados, e o seu sorriso precede os olhos, para trazer tranquilidade à minha alma. Ela carrega o corpo magro para fora da cama e veste todas as peças. Até os sapatos... minha mãe os calça antes de deixarmos o pequeno quarto, onde me abrigo nos casos de ansiedade, cujas paredes se alargam e se alongam, tornando-se uma vida inteira que passa à minha frente.

Minha mãe nunca conheceu a vida com os trajes de dormir, nem uma vez sequer. Desde pequena, acostumou-se a tirar o pijama assim que saía da cama. Ela não podia levar vestígios do tecido do sofá da sala ou das cadeiras da cozinha para a cama sempre limpa e perfumada. Minhas lágrimas jorram quando penso que, nos últimos dois anos, ela não teve nenhum motivo para sair da cama e abrir com dificuldade as portas de aço. Nada para o que acordar, exceto olhar para o vazio e esperar. Não me atrevo a perguntar o que exatamente ela está esperando. Sou aquela que tem medo de sentir mais do que posso e temo que ela me diga que espera o momento em que a distância entre as estações do sono e da vigília desapareça. Parei de lhe contar meus sonhos há muito tempo. Não há mais espaço para eles com os sonhos da minha mãe. Eu não lhe contei de manhã que à noite me encontrei com ela na nossa primeira casa em Damasco e que juntas fomos para a casa da Marianne, onde "toda a família" se reuniu para almoçar e decidiu voltar para a casa da Chaghaf para passar a noite. Minha mãe sugeriu que fôssemos no carro dela e eu me opus porque nele não cabia "todos nós". Minha mãe chorou antes de eu me despedir dela no sonho e acordar. Ela me disse com a voz embargada: "Quem dera não coubéssemos todos no carro".

Não contei o sonho a ela, mas algo estranho aconteceu naquele dia. À tarde, a caminho do café próximo, onde contamos as histórias dos estranhos diante de clientes e paredes, ela me disse que preferia chegar à via pública por aquele beco especificamente para passar na frente de um carro cinza muito pequeno, uma "geringonça", que a fazia lembrar-se do carro da Ninar em Damasco. Eu não sei o que sempre me leva a escapar de conversas como essa! Ela disse aquela frase, e eu me lembrei do sonho. Fiquei satisfeita com um sorriso fugaz sugerindo que eu captara a ideia e não perguntei a ela, por exemplo, de que carro ela estava falando. Mesmo no subconsciente, eu a arrastei atrás de mim numa caminhada rápida, apertando a sua mão, como fazem os pais com os filhos quando passam pela vitrine de uma loja cheia de brinquedos. No caminho de volta, após a taça de vinho ter deixado a zona do subconsciente mais leve, desacelerei o passo e esperei que ela me mostrasse o carro cinza, a "geringonça". Conforme nos aproximávamos, seus passos ficavam mais lentos. Paramos ao lado do carro, olhamos uma para a outra e sorrimos sem dizer nada. As palavras se perderam, ou se recusaram a sair, já que não teriam sentido.

Sim, parecia muito o carro vermelho da Ninar, que era como uma peça das suas roupas ou geringonças. Imaginei-a estacionando o carro na frente da casa, saindo dele, segurando-o entre as palmas das mãos, dobrando-o e colocando-o na bolsa. Ela não podia suportar a ideia de possuir um carro e imediatamente lhe deu um nome, como se humanizando-o negasse a sua verdadeira identidade de veículo. Eu nunca lhe disse que suava sentada no banco apertado ao lado dela enquanto dirigia a uma velocidade louca. Ela não queria correr, mas o tamanho minúsculo do carro dava a impressão de que rolava nas descidas e rosnava nas subidas, além de ser muito frágil. Ora travava o câmbio, ora ficava sem freios, e ela não conseguia pará-lo.

Não me esqueço daquela noite: tínhamos ido a um bar na parte antiga de Damasco e, um pouco depois da meia-noite, pegamos o carro dela para voltar. Eu olhava para as janelas estreitas nos edifícios compactos, que se assemelhavam a uma parede ou a um castelo assustador, muralhando alguns bairros da antiga Damasco. De repente, a Ninar começou a rir. Virei-me para ela e vi que segurava a direção no ar, pois havia saído do lugar. Entrei em pânico, minha boca secou e fiquei rígida. Não me lembro de como, no meio da sua risada retumbante, que às vezes terminava com um ronco, ela foi capaz de estacionar o carro. Foi a última vez que entrei naquele seu carro mágico!

QUANDO, AO MEIO-DIA, cheguei àquele prédio solitário na beira da estrada, não consegui encontrar o carro dela estacionado ali. Talvez estivesse dobrado na sua bolsa. Subi a escada de três andares. A porta estava aberta me esperando. Como sempre, a Ninar estava orgulhosa da sua casa. Ela, a completamente ascética... bastava-lhe uma única parede para apoiar a cabeça à noite para se sentir grata. Sentei-me naquela sala solitária, rodeada de papéis e classificados e de um aroma suave. Tirei da bolsa um maço de cigarros e acendi um. A fumaça da primeira tragada era densa, espessa. A Ninar lentamente se infiltrou por trás daquela fumaça. Apareceu em etapas naquele seu esbelto corpo alvo. Parecia feita de pedaços de corpo, como tiras. Vi sua mão, em seguida o ombro esquerdo, depois metade do rosto. Lentamente, vazou para o meu campo de visão. Será que ainda estava espalhada, como me disse meses antes? Ela sorriu com dificuldade. É como se aquele aroma delicado saísse do corpo dela. Ela, que agora estava mais magra do que nos anos anteriores, com um sorriso amputado nos lábios. Cabelo grisalho, rosto pálido, o olhar — outrora colorido — profundo, sem brilho.

Sentou-se na minha frente. Não a percebi cercada de papéis e classificados como eu, embora estivéssemos na mesma distância deles. Ela parecia fazer parte deles. Olhou-me nos olhos e sorriu. Fiquei agora cercada também por ela e pelo seu olhar. Sorri, tentando superar minha angústia e aquela sensação de sufocamento, que me deixava com a boca seca e me apertava a garganta. Aquele aroma macio encheu o meu peito, deitou-se em todas as minhas artérias e costelas. As paredes maçantes, pálidas. A bandeira da revolução pendurada numa delas. Uma pequena lousa branca acomodada atrás da Ninar, com os seus compromissos e anotações, que substituiu os papéis e cadernos. De repente, o cheiro de frango grelhado superou o cheiro macio. A Ninar estava ocupada comigo e atrapalhada como sempre. Resistia à palidez com risadas tensas e sucessivas, que não deixavam de ser forçadas. Afrontava o tédio e a memória imperfeita. Pensei que o corpo dela ainda estava dotado de uma memória sem falhas. O corpo não pode desistir da memória. Ele envelhece, mesmo que com uma memória infantil. Ele não sabe nem percebe o que aconteceu com a alma. Seu corpo estava exausto e pálido, como se existisse separadamente da alma, vivendo uma memória completa, enquanto sua alma esqueceu o tamanho da tragédia e a magnitude da derrota, porque a tragédia é recente e a derrota é diária, passando por ela a todo instante. Seu entusiasmo não diminuiu e não conheceu a frustração, como nós, da memória sem falhas, que nos mata todas as manhãs e noites. Ela estava ocupada comigo e dispersa. Feliz, porque eu a visitava na sua nova casa na cidade francesa de Dourdan. A Ninar não precisava de mais do que quatro paredes para que um lugar se tornasse casa. Austera, como sempre, só se interessava pelas pequenas coisas intimistas: uma rosa seca aqui, um maço de cigarros ali (o último que comprou em Damasco antes da sua fuga), uma caderneta com anotações feitas em Damasco, Amã ou Dourdan, uma máquina de enrolar cigarro, uma foto antiga dela atuando num filme, uma foto da Marianne e outra da

Chaghaf, uma série de livros novos e antigos sobre romance e teatro, a maioria falando da Síria. Para a Ninar, aquilo era uma casa e ela estava feliz por eu visitá-la pela primeira vez. Muitas casas nos uniram. Casas nas quais um dia fizemos parte das suas paredes. Parece ontem! Subindo a escada com o meu corpo miúdo, pintando as paredes da sua casa com a ajuda da Yasmina. A Ninar havia nos ensinado a segurar o pincel grande com força e determinação para que ele não escorregasse por entre os dedinhos. Mergulhávamos o pincel na tinta branca pegajosa, passávamos na parede horizontalmente várias vezes, e então na vertical mais de uma vez. Parece ontem! Muitas casas nos uniram. No entanto, esta última casa, em Dourdan, não era como as outras. Não porque foi a última, mas porque me senti naquele dia como se fosse a última. Uma solidão dolorosa encapsulava as paredes opacas, e aquele aroma macio...

Eu não estava com fome. É como se o lugar já tivesse me deixado satisfeita. Mas, para agradar os esforços da Ninar, comi uma ou duas bocadas. E aquele pouco revirou muito meu estômago. Começou a avolumar-se, ganhou peso e tamanho, o abdômen se arredondou e o batimento cardíaco ficou mais rápido. Eu me senti cansada. Ela me levou para o quarto dela. Entrei e tranquei a porta atrás de mim. Uma cama pequena. Uma estante de livros fixada na parede em frente à cama. Uma escrivaninha amontoada de papel, um computador velho, com a superfície empoeirada. Um armário estreito embutido atrás da porta, indicado pelas duas portas fechadas. A sensação de sufocamento foi aumentando, como se as paredes estreitassem e me envolvessem, impedindo a respiração. Eu me deitei na cama por um momento. No entanto, o estômago inchado esticou os pés no meu peito e pressionou. Eu me levantei. Sentei-me na cama e abri a pequena janela bem acima dela. Vislumbrei a cidade com suas casas espalhadas e as árvores que se assemelhavam às da nossa região. Algumas eram secas, outras corroídas, dava para ver através delas sem o mínimo esforço. Passou pouco tempo. Decidi deixá-la e caminhar pela cidade, procurando pelo quarto de hotel que reservei pela internet. Ela não gostou da ideia de eu ter ido até Dourdan, depois de dois anos de separação, ter chegado à sua casa, uma das casas que podiam nos unir, e não passar a noite lá. A Ninar não sabia que era a última casa, mas eu senti o que não podia suportar. Ela ficou chateada comigo, mas eu sabia que era uma raiva passageira, que logo se dissiparia. Ela se esqueceria dela, segundos depois da minha saída, enquanto eu ainda estivesse descendo as escadas... Ela vai esquecer. Talvez se renove em duas horas quando nos encontrarmos no café perto da "Mesquita Omíada". Mas virá fresca, como se brotasse da sua alma naquele instante, como se eu tivesse acabado de sair da sua casa para dormir num hotel próximo, como se não tivessem se passado duas horas ou mais. O tempo não faz sentido aqui. Mas o tempo da última casa se fixou na minha memória sem fim. Quando saí de lá correndo, senti como se o lugar tivesse se instalado em mim, e eu sempre moraria nele, onde quer que estivesse.

    Saí correndo, arrastando meu corpo. Andei pela rua ao lado, me perdi, tropecei com os meus próprios passos e senti que a Ninar caía de mim aqui e ali. Virei à direita, andando rápido. Recuperei os passos céleres — caminharia na mesma velocidade, com a mesma sensação, porém um ano e meio depois. As ruas estavam desoladas naquela tarde. Acho que era um domingo de abril, e as vitrines na rua perto do hotel estavam repletas de ovos coloridos, era Páscoa. Cheguei à porta azul-escura, e o número era o mesmo número da confirmação de reserva que recebi. Pensei que fosse um hotel. No entanto, a porta estava trancada. Toquei a campainha mais de uma vez. Escutei a voz de uma mulher de uns cinquenta anos; vinha de cima, afastei-me da porta e levantei a cabeça. Eu a vi surgir da janela larga, perguntou meu nome. Então ela me disse para esperar. Cinco minutos se passaram. O som dos seus passos descendo uma longa escada me chegou de longe. Era como na casa do meu avô em Alafif, onde as escadas separavam o salão dos muitos quartos agrupados em dois andares. Ela abriu a porta com um largo sorriso acolhedor, que pude vislumbrar no meio da penumbra do interior. O sorriso de uma mulher que me recebia na sua casa, não num hotel onde trabalhava. Ela subiu as longas escadas para me mostrar meu quarto. A casa era realmente dela. Tinha cinco quartos grandes; quatro eram para os hóspedes e o quinto era dela. Eu me sentei naquele quarto, ainda assombrada por aquela casa e pelo cheiro macio que tomava conta do lugar. Tentei dormir, mas a colcha e a coberta sobre ela não impediram que o frio vazasse para os meus ossos. Levantei-me de novo. Liguei para a Ninar. Como eu esperava, a voz dela era doce e radiante, e ela já havia esquecido que estava magoada e triste. Sugeri que nos encontrássemos fora de casa, mesmo prometendo que eu voltaria lá. Ela hesitou um pouco, disse que preferia ficar em casa. Nunca foi caseira na vida, mas sua memória incompleta a transformou. Ela provavelmente se esqueceu de quando saiu de casa pela última vez. Não se cansava de ficar lá por dias, semanas. Não sentia o tempo passar dentro de casa, como se ela tivesse acabado de entrar! Então, pediu-me que voltasse, para passar a noite lá. A ideia me apavorou. Rejeitei decisivamente, sob o pretexto do tédio. Então nos encontramos na "Mesquita Omíada", e nos sentamos naquele café retangular, ao ar livre. Somente ali senti uma afabilidade passageira, fazendo recuar a desolação que experimentei quando entrei na "casa". A Ninar também... seus traços faciais foram aos poucos relaxando. Nem naquele dia, nem em algum outro, ela reconheceria que aquela casa não era uma casa — e provavelmente era isso que ela queria — e que os muitos potes de especiarias amontoados nas prateleiras da cozinha não davam conta de transformar as paredes numa casa.

    A Ninar forte, firme e teimosa virava, pelo efeito de um gole de vinho, um ser frágil, leve e emotivo, que precisava de uma enxurrada de ternura para recuperar a força. Lembro-me dela agora numa das casas que nos uniram. Parada na porta, pronta para sair. Ela curva o corpo esguio para calçar os sapatos. Seu cabelo encaracolado, macio e longo cai livremente sobre os ombros, as pontas entregues ao ar. Enfio a mão até seu couro cabeludo, acaricio suas madeixas encaracoladas, enrolando-as entre meus dedinhos. Momentos de quietude e estabilidade se passam. Ninar está agora agachada e eu estou brincando com o cabelo dela. Então ela explode numa gargalhada. Diz que nunca mais vai conseguir se levantar, que ficará curvada para sempre: "Eu quero ternura", diz essa frase de um jeito cantado que implora simpatia, prolongando o "u", e então rimos muito. Muitas vezes eu a fazia se lembrar daquela posição eterna, e ela recordava com frescor, como se fosse agora, rindo novamente, pedindo da vida a ternura de que ela precisava. Como se, ao pedir mais carinho, estivesse nos dizendo que não queria ser tão forte a esse ponto fatigante e que a sua firmeza era forçada, e não uma escolha calculada. Uma força que adquiriu porque a Marianne fizera dela a sua única concorrente; com a partida da mãe perderia uma parte de si.

A Ninar sentou-se de frente para as janelas do café. Lá dentro estava cheio de clientes que bebiam e comiam; um barulho sem trégua. O calor era evidente nas bochechas avermelhadas; quanto a nós, não sabíamos se o que estava vazando da nossa boca era fumaça de cigarro ou aquelas nuvens secas que escapam dos lábios no frio. Ninar entrou com o copo e eu fiquei sentada lá fora, me cobrindo com o frio e com os vestígios das risadas.

Depois que a Ninar acordou do seu sono profundo, tivemos que compartilhar com ela aquela amnésia dos fatos recentes. Todas fomos obrigadas a ter uma hemorragia cerebral para proteger a nossa vida da frustração e da perda. Tive que esquecer os últimos anos e manter, do nosso relacionamento, os conflitos e as tensões dos anos precedentes. Minha mãe teve que remover a tensão que chegou a afetar a relação delas e restaurar os anos das intimidades diárias, onde estavam o café, os cigarros e as risadas. Então tivemos que retroceder, exatamente para o ponto aonde a Ninar retornou, para acompanhá-la e viver com ela o que ela queria que vivêssemos. Minha relação com a Ninar azedou de novo. Ela acordou numa época em que a diferença de idade já criava uma verdadeira lacuna. Eu envelheci, mas ela não. Um coma breve tirou dela todos aqueles anos, transportando-a aos vinte anos num corpo de quase quarenta. No entanto, essa fase não durou muito tempo e rapidamente recuperamos nossa amizade.

Uma dúvida passageira, porém, perturba a amizade recuperada. Nós nos encontramos, ela me olha bem fundo nos olhos, a dúvida se intensifica. Ela fica absorta, a pele ao redor dos olhos enruga-se de tanta concentração, tentando lembrar as sensações da nossa relação agora. Vamos brigar ou nos abraçar com afeto, rindo sem motivo? Rapidamente, ela sorri e então repete aquela risada, restituindo o espaço de memória que pertence a nós.

EM 19 DE JULHO PASSADO, a Ninar não precisou juntar os seus pedaços. Ela me contou que se sentou sozinha na calçada de um velho café, não muito longe da "Mesquita Omíada" — como gostava de chamar o lugar. Acordara às cinco, ao som de uma respiração amputada e do pânico. Ela abriu os olhos para a escuridão do seu quarto e naquele momento pôde ver seus olhos abertos. Como se tivesse saído do corpo, vendo-se dormindo, e depois fosse acordada pelo grito de pânico que saiu da sua boca com dificuldade, e por isso veio amputado, sem eco nem retorno. Ela foi capaz de vislumbrar seus olhos se abrindo para capturar qualquer cena ou detalhe da boca daquela escuridão pesada. Seus batimentos cardíacos estavam apressados e o suor jorrava da testa branca como a neve e dos poros do seu coro cabeludo grisalho. Ela se levantou e saltou, voltando a si; não via mais seu corpo de fora. Voltou para o corpo branco e esbelto. Ela não preparou o café como sempre, não fumou nem ouviu música. Sentou-se na beira da cama estreita, sozinha. A cama da Ninar era tão pequena quanto a cama da minha mãe. Seu sentimento de solidão foi pesado naquela manhã. A solidão pode acumular camada sobre camada, dia após dia, e ganhar espessura, cujo peso sentiremos num determinado momento que não podemos escolher — ou talvez o façamos no subconsciente, para explodirmos e nos dispersarmos. A dispersão. Foi exatamente o que a fez se transformar em mero arfar de medo. A alma, o corpo e a memória incompleta tornaram-se um grito de pânico. Ela não chorou. Sentiu necessidade de chorar, aliás de soluçar, mas engoliu as lágrimas em silêncio. Aquele silêncio fechado, pesado, que se acocora no peito, segurando a respiração e impedindo o ar de fluir com suavidade. Ela ficou sentada no mesmo lugar, na beira da cama, assistindo a cada instante do tempo, que passava lento diante dos seus olhos. Contava a respiração e pensava na dispersão.

Ela se vestiu às sete e saiu. Não se esqueceu da pilha de papéis nem das chaves da pequena casa para onde se mudou meses antes, sem se lembrar exatamente de quando. Desceu as escadas, ainda tomada pela ideia insistente da dispersão. Da porta de casa, no terceiro e último andar, até a pequena porta branca do prédio, ela se viu rolando entre um andar e outro. Ela se viu se espalhando do terceiro andar ao térreo. Dispersou-se por inteira: mãos, braços, olhos e o nariz destacado como uma moldura pendurada numa parede branca, que nos força a refletir sobre ela, nem que seja por um momento fugaz. Sua memória falha estourava aqui e ali, seus dedos longos e bem desenhados... toda ela, sem exceção.

Era uma manhã de sol hesitante. O sol de Dourdan não se dava por inteiro num brilho que deslumbrava os olhos e os corpos ávidos de luz. Dourdan se aproxima mais de uma aldeia, onde os habitantes se conhecem, como se fosse qualquer vilarejo sírio. Eles se cumprimentam, sabem os mínimos detalhes uns dos outros, têm a vida aberta a todos, como se fosse uma única vida que todos pegam emprestada. Seus túmulos são adjacentes numa terra plana que se eleva de repente como um palco, onde todos podem assistir a todos.

Ela foi rolando pela rua sinuosa e estreita em direção ao centro da cidade, onde ficava o famoso Château de Dourdan — ou "Mesquita Omíada", como gostava de dizer. Carregando uma pilha de papéis, rolava em etapas. Uma perna num lugar e a outra em outro. Uma mão aqui e a outra ali. As lembranças espalhadas na frente dela na velha calçada de pedra, como contas de um rosário. A alma pulando num corpo que não aguentava a sua energia, cansado de desgraças, de infelicidade e de uma excessiva teimosia depois de quarenta e nove anos completados meses antes. Não passou por ninguém a quem pudesse cumprimentar àquela hora matutina. Todos estavam dormindo e a cidade, deserta. Uma longa distração guiou-a, e às suas "quinquilharias", a outro lugar e a outra vida, a vida que ela viveu, a que gostava de viver, e a que nunca viveu e nunca viveria. Assim que a "Mesquita Omíada" apareceu, ela deu a volta na rua sinuosa e virou à direita; perdeu o equilíbrio por um momento e sentiu que era o caminho que a levava até o café, e não os pés. Sentou-se na calçada do café em frente a uma das cinco mesas e cadeiras de bambu vermelhas e brancas ao seu redor. Não viu *monsieur* Maurice, que estaria dormindo, e as mesas e cadeiras ainda estavam espalhadas no vão externo. Ninguém lhe trouxe o café amargo — "o de sempre".

Naquele exato momento, sentiu que tudo de que precisava era reunir as suas partes. Ela sabia que não seria fácil nem simples, mas também sabia que não tinha outra escolha. É aquele dispersar que acontece em etapas e do qual só temos consciência provavelmente quando está concluído e nos tornamos fragmentos; quando a alma, agitada no corpo, incapaz de se estabelecer nele, e ele, incapaz de contê-la, passa a tomar emprestadas outras almas que sonha ser. Sim, não seria assim tão simples. O que foi dispersado ao longo de meses ou anos não se podia reunir num único momento. Não era uma questão de vontade. Foi uma necessidade urgente que tomou conta dela, precisamente após aquele grito amputado.

A pilha de folhas está sobre a mesa de madeira. A Ninar colocou a mão sobre a superfície do papel e sentiu o frio da primeira página. Nessas páginas, tinha escrito as memórias dos últimos oito anos. Juntou as folhas, abraçou-as e colocou-as sobre a perna direita, cruzada sobre a esquerda. Olhou novamente para aquela folha fria e começou a ler: "Cá estou eu, escrevendo a pedido do neurologista cujo nome eu esqueci. O nome dele não importa. No entanto, eu aceitei, naquele dia, apesar da minha recusa categórica anterior, escrever um diário ou qualquer coisa parecida com um diário. Ele me disse que a minha vida hoje só estaria completa no papel. Que não seria uma vida normal se eu não escrevesse alguns dos seus detalhes importantes a cada momento do dia. Isso é ridículo. Foi o que o neurologista me disse para fazer. O nome dele é Adib... acho. Acho que esqueci o nome dele, sei lá. Ele pede um automonitoramento complicado. O que comi? O que bebi? Com quem me encontrei? Com quem me encontrarei? O que comi e com quem eu me encontrei... Agora me lembro de como olhei para o médico com raiva e disse: 'Eu tenho que reescrever o que escrevi também? Devo recorrer ao que já escrevi para reescrevê-lo? A melhor maneira de fazer isso é reler o que escrevi e depois escrevê-lo novamente, ou tentar recordar e testar a minha memória sem ter que reler?'. Não sei agora se realmente disse isso a ele ou se estou delirando. Mas eu obedeci e aqui estou, escrevendo o que aconteceu há uma ou duas horas. Eu não me lembro! Teria sido há alguns dias?".

Ela terminou de ler essa passagem e começou a rasgar as folhas, uma após a outra. Precisava juntar os pedaços, e aqueles papéis aumentavam a sua ansiedade e a confusão da sua memória. Suas palavras, escritas com caligrafia bonita com letras compactas, lembravam-na do que ela se esquecia. O assunto do esquecimento não fugia à sua cabeça totalmente, mas recordá-lo tornou-se doloroso. Seu trabalho como atriz precisava de uma memória completa para que pudesse decorar os papéis e as emoções. Suas amizades precisavam de uma memória que saltasse com os cheiros daqueles que ela amava, suas histórias e suas vidas. Até a relação dela consigo mesma e com o corpo e a alma precisava daquela memória que ela não possuía. Livrou-se dos papéis rasgados perto da "Mesquita Omíada". Livrou-se daquela pilha, testemunha da sua memória incompleta, e voltou para casa, sentindo um cansaço diferente daquele dos últimos dias, meses e anos. Cansaço silencioso, profundo e estável, que se depositou nos pés, aumentando a dificuldade dos seus passos, exatamente como o sal depositado nos pés da sua mãe, e a sensação de desamparo depositada nos pés da sua tia. Entrou no prédio, parecido com os edifícios dos bairros populares de Damasco, onde havia um portão de metal, trabalhado e pintado com cores escuras, que permanecia aberto. Um edifício onde se viam os objetos dos habitantes dos seis apartamentos jogados nas suas portas externas, aquelas portas que têm duas maçanetas, uma por fora e outra por dentro, e só podem ser fechadas firmemente com o uso de chaves. Subiu os três andares... os passos ainda pesados. Não sentiu que rasgar aquelas folhas e jogá-las na rua histórica da cidade havia sido suficiente para se encontrar. Sentiu uma necessidade urgente de se meter debaixo da água quente. Ela fechou a porta atrás de si às pressas, sem trancá-la. Talvez tivesse medo de trancá-la. Ela tirou a roupa e entrou no banheiro, onde nunca estive e por isso não sei como era. Ela se meteu embaixo do chuveiro e a água quente jorrou sobre o corpo bonito e cansado. Ficaria horas ali... ela que se esqueceria quando foi o primeiro jato de água.

Nos últimos dois anos antes da fuga da Ninar, a casa da Marianne havia se transformado numa espécie de centro de operações. Não ficou muito diferente do que era, afinal já abrigava um caos e uma loucura semelhantes. Marianne nunca se opôs e já estava acostumada a ter a porta aberta para receber todos os visitantes inesperados. Sempre tive a sensação de que nenhum visitante era um estranho. Qualquer um que entrasse naquele espaço se tornava parte do lugar e da sua memória. Marianne adquiriu esse hábito da casa da família em Alafif, e mais tarde adotou na sua. Minha mãe raramente praticou tal costume, por causa do temperamento introvertido do meu pai.

Uma vez perguntei à minha mãe sobre uma visitante, esperando dela uma longa explicação de como teria se dado a amizade que Marianne e ela tinham com a mulher, de onde ela vinha, sua família, sua vida, mas ela se contentou com uma frase curta e objetiva: "Ela frequentava a casa da minha família". Frase perfeita, que não precisava de mais explicações! Professora de ciências naturais no ensino médio, ela também foi uma das que frequentaram a casa em Alafif. Era alguns anos mais velha que a tia Marianne. Uma mulher solteira de cinquenta anos. Estatura baixa e corpo roliço. Seu véu azul cobria completamente o pescoço, fazendo a cabeça parecer que estava presa diretamente aos ombros. Nunca tirou a capa azul. Achamos que ela era pobre e que usava a capa em todas as estações para esconder os únicos dois suéteres que tinha: um para o inverno e outro para a primavera e o outono. Nessa crença, havia uma tentativa de humanizá-la, pois era rígida como uma estátua e cruel como o deus, sobre quem aprendemos na aula de religião, que torturava os seres humanos. Quando crescemos, descobrimos que ela tinha uma vida boa, para não dizer que era rica, e que sua imutável vestimenta nada mais era que o uniforme das Irmãs Qubaisiyat. Quando ela entrava na classe, o som dos dentes batendo aumentava. Os pés das meninas ficavam frouxos por baixo das carteiras de tanto medo. Ela se sentava à sua mesa no canto perto da janela. Pegava a caderneta de notas e, enquanto a abria, nosso coração pulava para a garganta. Abaixava a cabeça um pouco para capturar nossos olhares por trás dos seus óculos. Movia os olhos entre a caderneta e nós e dizia com o mesmo tom e o mesmo ritmo lento e afiado de uma máquina de tortura: "Vá para a frente, senhorita...", e pronunciava o sobrenome com vagar irritante. Naqueles momentos, eu gostaria de não ter sobrenome, como a vó Helena e a "mãe" Marianne. Mais tarde, por acaso, descobri que era vizinha dos meus avós e que os visitava de vez em quando. Uma vez, ela quebrou a perna e teve que faltar às aulas de ciências. Foi um mês inteiro de festejos! Eu a visitei em casa com a minha mãe; subimos as escadas longas e circulares, e eu estava gostando da ideia de encontrá-la longe do medo. Entramos na pequena sala com teto muito alto e nos aproximamos para apertar a mão dela; foi a primeira vez que vi o seu cabelo preto, em que despontavam atrevidos fios brancos. Ela sorriu carinhosamente para mim também pela primeira vez e disse algo que insinuava que com certeza estávamos festejando sua ausência. Assim que ela se recuperou e voltou para o canto perto da janela, abriu o caderno branco, abaixou a cabeça, e o sorriso carinhoso já não estava mais lá. Eu não sabia de onde ela tinha roubado aquele sorriso naquela tarde... e voltei a ficar com medo dela. Não sei o que me levou a falar sobre isso outro dia, quando estava na companhia da minha mãe. Estávamos sentadas no café dos estranhos e de repente me lembrei dela e da sua frase que soou fresca na minha cabeça: "Vá para a frente, senhorita...". Minha mãe sorriu e disse: "Que Deus tenha a sua alma". "Morreu?" Minha mãe levantou os ombros, torceu os lábios e disse intuitivamente: "Quero dizer, ela deve ter morrido". Eu não entendi o que fazia a minha mãe ter certeza da sua morte e não perguntei a ela; tive medo de perguntar. Talvez respondesse que com certeza morreu porque todos morreram ou algo como: "Não morremos todos?".

A casa não foi toda transformada, apenas o quarto paralelo ao da Marianne, aquele que era reservado para a Chaghaf e para a Yasmina antes de irem embora — uma para a casa do marido, perto da casa da Marianne, e a outra para a casa do pai em Sarmada. Após a separação, a Ninar ocupou esse quarto e aos poucos o transformou numa casa completamente isolada, com cama, escrivaninha, sofá, mesa, algumas roupas, livros selecionados, alguns pôsteres e rosas secas... E uma janela. Do que mais um lugar precisa para se transformar num lar?

Entro naquela sala, fecho a porta atrás de mim e me perco no tempo e no espaço. O caos trepa em tudo que encontra pela frente, e a fumaça do cigarro paira lentamente como uma nuvem baixa acima da cabeça dos amigos. Bules de café vazios e outros cheios, muitas xícaras e cinzeiros. O entusiasmo da Ninar dá a impressão de que os eventos da revolução ocorrem naquela sala, e não na rua. Toda vez que entro na sala de operações, a Ninar se vira para mim, sorri e diz num tom discursivo: "É a nossa revolução; sim, nossa". Não sei se é o esquecimento que a leva a repetir essa frase todas as vezes ou se é o seu entusiasmo implacável. A mesma frase que ela disse na frente do investigador quando foi detida pela primeira vez. Era um grupo grande de estudantes do Instituto Superior de Artes Dramáticas, das faculdades de Engenharia, Medicina, Direito e Letras, além de alguns diretores e atores; e lá estava a Ninar, gritando com eles na rua, a plenos pulmões. A mesma voz com a qual gritava para chamar a atenção para a sua mercadoria espalhada no chão perto da casa do meu avô. "O povo quer derrubar o regime!" Foram cercados por um grupo muito maior do que o deles, alguns de uniforme, outros à paisana e vários provavelmente vestidos de garis. Os micro-ônibus para empilhar manifestantes e arrastá-los para os departamentos de inteligência também estavam prontos, com os motores rugindo na tentativa de engolir os gritos. Naqueles ônibus, entraram todos que conseguiram capturar, exceto a Ninar, pois sua prisão criaria um alvoroço na mídia. No entanto, a Ninar correu atrás do oficial de segurança que dava as ordens e pediu que ele a prendesse. Ele olhou nos olhos dela e soltou uma gargalhada. Ela insistiu, teimosa e rigorosa que era, como aquele grito amputado que a acordaria certa noite, muitos anos depois. "Ou prendem todos ou liberam todos!" Eles então prenderam todos eles. Tinham decidido deixá-la ir, mas ela exigiu que todos fossem soltos.

Uma vez, Marianne estava no telefone falando com a sua amiga de Aleppo, sobre Deus e o mundo, e ficou incomodada com um barulho que emanava do aparelho, que a perturbava e tirava sua concentração. Então disse para quem estava grampeando a linha: "Irmão, é claro que você sabe onde fica a nossa casa; venha até aqui e nos observe como bem quiser, mas me deixe continuar falando!". Ela disse isso forçando a sílaba final, para marcar sua impaciência. Nos meses seguintes, a Marianne levantava o telefone do gancho e cumprimentava quem estivesse na escuta, antes mesmo de fazer a ligação. O silêncio do outro lado não a dissuadia de continuar cumprimentando ou de mostrar o seu descontentamento com o que estava acontecendo.

No início de 2013, a Ninar estava dirigindo para casa quando foi detida numa barreira "voadora", como eram chamados os bloqueios que faziam de surpresa numa rua e que não podiam ser evitados. Essa última detenção foi tão incontestável quanto a própria Ninar. O investigador lhe informou num tom confiante, que pedia e ameaçava ao mesmo tempo: "Deixe o país. É melhor você deixar o país". A Ninar levantou o dedo na cara do investigador, como costumava fazer quando queria que algo ficasse bem claro, e afirmou: "A Síria é nossa, não é da família do comandante". O investigador não se sentiu provocado, sorriu e refez a frase: "A Síria de vocês é cheia de gangues armadas e nós não podemos garantir a sua segurança! Deixe o país, é melhor para você". A Ninar me disse que o investigador tentou convencê-la por horas a sair, e que a sua mensagem era muito nítida. Dessa vez, ela teve que partir. Parece que foi ontem o dia em que fugiu para Beirute com a ajuda de membros do Exército Livre. Ela veio até nós, com toda a sua energia e entusiasmo. Algumas semanas depois, decidiu partir novamente. A umidade de Beirute a sufocava, dizia. A Ninar pensou que mudar para outra cidade tornaria o ar mais suave e leve. Então ficou sufocada em Amã também e por isso mudou-se para a França, onde...

MINHA MÃE TEM MEDO DE ESQUECER. É obcecada pela memória dela. Eu me pergunto o que tanto a assusta. Eu pensava que ela ficaria aliviada se toda aquela vida vazasse da sua cabeça. Eu sempre brinco com ela, dizendo que preferiria que ela tivesse Alzheimer e que eu passasse com ela anos vagos, assim a sua partida seria leve. Ela fica brava com delicadeza e franze as sobrancelhas com desaprovação infantil. Não teme as doenças que podem atacar o corpo idoso, confinando-o a uma cama num quarto de janelas fechadas para ele não voar. Apenas o esquecimento a apavora e afoga o resto da tranquilidade que tem no coração. Minha mãe só tem essa memória ardente para se apoiar. Por rejeitar e detestar o presente, ela escolheu viver nesse passado, em meio às memórias e histórias que passaram e a seus donos que morreram. Ela vive no ritmo dos seus sonhos e tem medo de ser acometida pelo esquecimento e assim perder aquele espaço noturno onde vive encontros agitados na companhia de toda a família. Só lá ela cozinha para eles, observa o impacto dos temperos nos seus olhos, ao lamberem o molho nos lábios, a carne e a *mulukhiye*. Só lá ela desfruta da inundação dos seus sorrisos e dos olhares irradiando vida e alegria. Eu não lhe dei a opção de viver o presente como ela gostaria, então ela escolheu a noite para compensar o que perdera ao longo dos anos. Sim, ela tem medo de esquecer e perder por completo o sentido da vida. Mais uma vez, na minha tentativa de aliviar o sentimento de culpa, considero seu medo um apego à vida e ao que resta dela. Só no sonho seu pequeno carro fica apertado para nós e por isso nos dividimos em dois carros; e só no sonho o outro carro pode ser o da Ninar, com a direção solta.

Eu atrasei o pagamento da taxa de imposto predial no mês passado. Então eles nos fizeram uma visita. Vieram na forma de um homem, alto, de ombros largos e maldade transbordando dos pequenos olhos coloridos. Havia uma câmera muito pequena pendurada no seu pescoço grosso e curto. Sua cabeça parecia presa ao corpo. Ele me disse num tom seco — que soava ainda mais bruto devido ao sotaque inglês da região norte — que queria fotografar nossos bens. Sorri sarcasticamente ao ouvir a palavra "bens". Não fiquei incomodada com a sua visita — eu, que me acostumara com o não lugar. Mas o olhar preocupado da minha mãe me entristeceu. Como podia nossa existência frágil neste lugar estranho não se dissipar com essa visita matinal cruel?! Pedi-lhe que falasse comigo calmamente por medo do medo da minha mãe. Olhou os poucos quadros pendurados na parede, tirou fotos, mas logo percebeu — especialista que era — que não tinham valor nenhum. Notou, porém, a câmera plantada no meio da sala na frente do sofá da minha mãe. Eu disse que tinha a intenção de fazer um documentário sobre ela. Tirou uma foto da câmera. Sorri para a ideia. uma câmera fotografando outra. Eu a comprei em parcelas e o preço equivalia ao que restava para pagar do imposto predial. Após poucas tentativas, nao encontrou nada mais que pudesse ser levado no lugar da dívida, que eu deveria pagar integralmente naquele momento ou ele confiscaria a câmera. Não me opus nem um segundo a ele confiscar a câmera, como quem esperasse uma oportunidade para se livrar dela. Minha mãe também não se opôs;

estava ocupada com os seus frágeis sentimentos de pertencimento e existência. Entreguei a ele, de bom grado, a memória narrada da minha mãe. Eu não comprei essa câmera para rever as imagens e as histórias; menti quando disse que era minha intenção fazer um documentário sobre a minha mãe. Comprei-a só para sentir a sua presença entre nós, para dividir com ela o peso daquela memória. Não morreria se tivesse que carregá-la sozinha. Voltamos a como estávamos antes: sentamos uma de frente para a outra, mastigamos palavras e histórias, dissipamos o presente no passado. Ela, orgulhosa da sua juventude, que nunca superou apesar do peso dos seus pés, e eu, ofegante como uma idosa de noventa anos, tendo vivido a minha vida, a dela e a de "toda a família".

Assim, a memória da minha mãe ficou com o homem alto, de olhar maligno. Pela primeira vez, dormi leve como se a cama fosse uma das nuvens de Londres. Entreguei a ele toda a vida dela, representada num só segundo, como ela diz.

No dia seguinte, sentei-me sozinha na sala, ouvindo o som da manhã, pensando nos sons das muitas cidades que visitei. Cada cidade tem um som matinal diferente. Nunca gostei do som de Londres de manhã, mas me acostumei a ele. Recebi uma mensagem estranha de uma conhecida comum, minha e da Ninar. Uma conhecida que sempre achei que não me conhecia; eu, eternamente quieta, introvertida e confusa. Mas descobri, naquela manhã, que ela me conhecia como um livro aberto. Imagina, ela percebeu meu medo de sentir mais do que eu podia aguentar! Ela me escreveu: "Senta e toma um calmante". Os poros do meu corpo se abriram e o suor frio jorrou. Meu coração saltava por trás das costelas do meu peito. Meus joelhos fraquejaram. Apressei-me e escrevi com os dedos trêmulos no mesmo ritmo do bater dos dentes: "Espere.

Não escreva nada. Fique quieta...". Ela ficou em silêncio e não escreveu nenhuma palavra mais. Engoli o calmante. Fechei os olhos. Eu não quero saber. Está certo que sabia, mas não queria admitir. Não queria que a frase óbvia fosse escrita para que eu lesse suas letras, uma após a outra. Não tinha forças para engolir letras e palavras naquela manhã solitária. Meus músculos relaxaram, meu peito acalmou e a respiração ficou lenta e obediente. Eu escrevi para ela: "Agora você pode escrever". E, assim que a vi digitando, escrevi: "Espere. Não me diga o que aconteceu...". Parou de teclar. Calou-se de novo. Então eu escrevi uma palavra com um ponto de interrogação: "Ninar?", e ela apenas escreveu uma sequência de pontos: "........". Senti que os pontos não eram o fim da sua mensagem. Fiquei cercada de pontos por todos os lados. Uma vontade de vomitar me machucava a garganta. As lágrimas se apressaram até os meus olhos; no entanto, fiquei mais preocupada com a minha mãe do que com aquela terrível perda que dissipou todo o significado da morte. Algumas horas antes, a Ninar teria saído do banheiro apertado, que ficaria mais apertado com o vapor da água quente, com uma grande toalha azul enrolada no corpo esguio e comprido, cuja pele ganharia uma suavidade e uma cor rosada que dá vida. Uma pequena toalha branca envolveria as longas madeixas encaracoladas. Ela daria alguns passos até o quarto, onde ficavam a mesa de madeira e o computador coberto de poeira, se sentaria no banquinho, não acenderia um cigarro como de costume; algo estaria fervendo na sua cabeça cansada, algo a faria ficar de pé, ali mesmo, perto da cadeira, ao lado da mesa, por um ou vários segundos. Não tenho certeza. Depois se entregaria à morte.

  Menti para minha mãe. Eu disse a ela que a Ninar cometeu suicídio. Não queria contar que ela morreu sozinha naquela casa solitária, que eu sempre soube que seria a última. Minha mãe, que vive no passado, criativa em se torturar, imagina que a morte como uma notícia ou fato consumado não é suficiente para ela iniciar o luto. Ela bateu na testa como sempre fazia em momentos de choque; um único golpe retumbante, como se quisesse afastar a memória. Paralelamente a esse golpe, ela apertou os olhos, tentando trazer todas as dores de partida e de perda que experimentou na vida. Minha mãe não sabe viver um luto por vez e de forma independente. Cada partida é adicionada à que a antecedeu, formando camadas que se acumulam, um todo cada vez maior, mais difícil e mais sofrido. Eu queria que ela tivesse se matado mesmo, tivesse decidido morrer. Muitos sírios cometeram suicídio nos últimos anos, e as notícias me entristecem, mas não me assustam. A ideia de escolhermos a hora da nossa morte faz a morte não pesar tanto na minha alma. O que me apavora são as doenças que acometeram milhares na diáspora. Nunca entendi bem o medo que todos têm de morrer na diáspora. Por que temem morrer além das fronteiras da sua pátria, da sua cidade, da sua aldeia e da casa da família? O que significa morrer fora da geografia? Minha mãe tem medo de partir nesta cidade estranha, como se a morte não ficasse consumada se não ocorresse em Damasco, na sua casa, na sua cama, na frente do seu armário aberto, que exalava o cheiro mais gostoso do mundo. A Ninar também tinha medo de morrer longe da sua terra. Se tivesse decidido se matar, não o teria feito em Dourdan. O suicídio me deixa triste, mas não me assusta. Só as doenças me apavoram, e a loucura também. Muitos amigos não morreram, mas enlouqueceram... ou quase. Alguns vivem em clínicas, outros entre nós, mas toda hora sentimos que acabaram de fugir do hospício. Minha mãe tem medo de perder a memória, e eu tenho medo da loucura. O que nos torna mais imunes do que os outros nesse contexto?

Para passar o tempo, não passei aquele dia contando os amigos que surtaram? Sentada no café Le Zimmer, com vista para a fonte do Châtelet, tomando, hesitante, uma taça de vinho branco, observando os transeuntes no cruzamento da Rua Saint-Denis com a Avenida Victoria. Eu não costumo beber vinho ao meio-dia. No entanto, aquele dia foi excepcional. Tudo o que poderia acontecer já acontecera, sem permissão e com uma nitidez irritante. Peguei caderno e caneta e comecei a escrever os nomes dos amigos, um por um; recordando o último encontro com cada um deles. Escrevia o nome e, ao lado, o lugar onde nos vimos pela última vez e se a loucura tinha manifestado algum sinal naquele momento. A maioria dos encontros foi em Beirute, no meu local de trabalho, no café, na casa dos amigos, ou até na rua, por acaso. Então eu desenhei um mapa virtual — pois é, eu que não conseguia desenhar fronteiras geográficas, nem mapas, nem direções — e os distribuí conforme os sanatórios onde poderiam estar vivendo agora. A maioria está na França, em Paris principalmente. Eu imaginei que alguns poderiam estar muito perto da calçada do café onde eu estava sentada. Um está na Grã-Bretanha, outros na Alemanha, Suécia e Holanda. Tive uma sensação estranha, sentada ali num dia extraordinário, que não seria apagado da minha memória pelos dias que viriam, bebendo vinho ao meio-dia e pensando naqueles amigos que enlouqueceram. Eu considerei que poderia ter enlouquecido também, e que a única diferença entre mim e eles era que eu estava livre e desimpedida, como se tivesse acabado de escapar do hospício. O que me fazia ter certeza de que ainda não tinha enlouquecido? Nada! Cá estava eu sentada num café estranho, num bairro em que eu nunca pisei na vida, bebendo vinho fora de hora e escrevendo sobre nossos insanos. Tudo o que estava acontecendo era estranho e incomum. Era como se ao pisar fora da estação de trem Gare du Nord, vindo de Londres, eu tivesse perdido o juízo também. Não fiquei toda confusa quando peguei um táxi com uma malinha em que mal cabiam as coisas para passar um dia fora? Fiquei constrangida com os olhares do motorista que me perguntou o destino. Não respondi com fluidez, como de hábito, com a inflexão que já tinha esquecido, mas que ainda sentia falta da musicalidade. Eu não lhe disse de um jeito natural para me levar ao meu beco favorito entre Saint-Germain-des-Prés e Boulevard Raspail. Quando o olhar do motorista começou a perder a paciência e ficar inquieto, eu disse, sem pensar: "Châtelet". Arrancou rapidamente sem dizer mais nada. Assim que vi o pequeno jardim da Tour de St. Jacques, disse para ele parar. Saí do carro e atravessei a rua até o café na esquina. Adoro cafés que ocupam o cruzamento de duas calçadas; me fazem me sentir mais segura do que os cafés numa calçada só, onde os clientes parecem estar ocupados assistindo a um filme que passa exatamente na frente deles. O que aumentou a minha sensação de vazio estrondoso, que ecoava na minha cabeça, foi o impulso de ligar para a Ninar mais de uma vez, como eu sempre fazia para lhe dizer que já estava em Paris e que esperava por ela no café. De repente, eu me dei conta de que não havia como ligar para ela; assim, bebi o resto do vinho e pedi uma segunda taça. Eu? Eu não podia acreditar que tinha tomado dois copos tão cedo. Mas era um dia extraordinário. Eu não sabia que todos os dias que viriam também seriam excepcionais e que as regras rígidas da vida ganhariam flexibilidade depois desse dia. Decidi ir para Dourdan de carro.

Não queria ir de trem como fiz um ano e meio antes, nem dormir naquela mesma pensão. Uma solidão assustadora se instalou na minha alma. Eu disse ao taxista que estava indo enterrar a Ninar. Ele demonstrou uma simpatia calculada, afinal não a conhecia, nem a mim... e muito menos a minha mãe. Perguntei-lhe se tinha perdido "toda a família" em apenas dois anos. Perguntei-lhe se ele podia voltar ao seu país e se os seus conhecidos, na maioria, estavam mortos ou loucos. Demonstrou mais compaixão; dessa vez, me pareceu mais honesto. Eu que talvez tenha enlouquecido, ou morrido.

Cheguei às quatro horas da tarde, a temperatura se aproximava dos quarenta graus. Recordo aquelas cenas como um sonho embaçado, ambíguo. Peguei a chave do quarto e subi um andar. Eu me joguei na cama estreita por minutos ou horas, não sei. Então abri a janela para descobrir que dava vista para o saguão externo do hotel, onde as mesas e cadeiras estavam lotadas de clientes. Esse saguão ao ar livre era o mesmo café onde nos sentamos, a Ninar e eu, um ano e meio antes. Fiquei confusa e imaginei que nada tinha mudado. Corri para fora do quarto, desci para o café e me dirigi à mesma mesa. Dessa vez, no entanto, sentei-me do outro lado, na cadeira que a Ninar ocupou naquele dia. Talvez fosse exatamente a mesma cadeira. Talvez eles não as mudem de lugar. O jovem encarregado de organizar o café pode sofrer de transtorno obsessivo compulsivo e por isso não troca uma cadeira por outra de jeito nenhum. Pedi uma taça de vinho, apesar do calor e do meu batimento cardíaco, que saltava atrás das minhas costelas. Olhei para mim mesma, bem nos meus olhos assustados e nos meus ombros encolhidos. Sentei-me na cadeira da Ninar em frente a mim.

A coisa começou a ficar gigantesca. Eu tinha que pegar a ladeira até a sua casa, a mesma rua pela qual a Ninar caminhou dois dias antes, depois de ter se livrado dos papéis. Ela precisava juntar os pedaços, pois se sentia espalhada, aqui e ali, foi o que ela me disse. Saí do café, que era uma extensão do prédio do hotel, virei à esquerda em direção ao Château de Dourdan — "Mesquita Omíada", segundo a Ninar — e fui observando as pedras pretas dispostas em pequenos retângulos, atingidas pelo sol que chegava por entre os prédios baixos e ofuscava a minha vista, me fazendo ver linhas horizontais escuras que apareciam e desapareciam rapidamente. Completei a subida com a certeza de que encontraria partes dela jogadas aqui e ali, já que dois dias antes ela não conseguia se recompor... e morreu. Eu só precisava da sua mão para segurar a minha e me arrastar naquela subida exaustiva; precisava dos seus olhos me abraçando com delicadeza antes de explodir numa gargalhada e talvez do seu cabelo solto, que eu acariciava até a Ninar se entregar a uma paz que não combinava com ela e depois dizer: "Eu quero ternura", com um "u" longo.

Cheguei ao prédio solitário com seus três andares. Subi dois e parei na escada do terceiro andar. A porta parecia fechada. Meu batimento cardíaco se alterou de novo e eu senti náuseas. Mas enquanto observava a porta do apartamento, dez degraus acima de mim, vi os olhos dela me fitando, seu sorriso doce e maroto ao mesmo tempo me convidando para me aproximar. Olhei para o meu telefone e pensei em ligar para a Marianne e me queixar da minha incapacidade de chegar mais perto. Esqueci que ela partira e não podia me consolar naquele momento, nem eu a ela; e se a Chaghaf estivesse presente, seria a mais preocupada comigo naquela hora tão difícil. Ela sabia que eu temia sentir mais do que podia aguentar. Até mesmo a Ninar teria me aliviado os poucos passos que faltavam até a sua casa. Naquele momento, senti a solidão da minha mãe, que agora esperava por mim em Londres, presa atrás do Canal da Mancha, sem documentos que permitiriam a ela ir e vir. Talvez fosse melhor não tê-los. Não teria aguentado chegar à casa da Ninar sem poder tocá-la ou ouvir as suas histórias e baboseiras. Senti a solidão da minha mãe naquele momento. Liguei para ela. Disse que já estava no local, mas que não ousava chegar mais perto. Eu disse que estava presa entre o segundo e o terceiro andar e que não eram só os elevadores que quebravam entre os andares; os pés também podiam ficar desativados num andar específico. Eu queria correr de volta para a "Mesquita Omíada", para o quarto do hotel, onde eu poderia ir para a cama e me esconder debaixo das cobertas. Tudo pareceu desolador naquele momento. Todos os lugares para onde eu poderia escapar eram parecidos: foram varridos pela escuridão e a sua agitação se desfez. A voz da minha mãe me acompanhou enquanto eu subia os últimos dez degraus, e ela falou comigo com a voz trêmula, até que bati na porta e entrei no apartamento cheio de gente, barulho e fumaça de cigarro. Eles me levaram para o quarto dela, onde ela morreu dois dias antes. Eles me deixaram entrar e fecharam a porta. Fiquei parada no centro do quarto, meu corpo plantado no chão, meus membros duros, apenas a minha cabeça se movia para a direita e para a esquerda, numa tentativa de capturar o último minuto. Recuperei a solidão que habitou a minha alma da outra vez e senti muita saudade dela. Eu só queria poder abrir a porta do quarto e ir até a sala, onde ela estaria... só ela e mais ninguém.

MINHA MÃE ENGOLIU A PARTIDA da Ninar como fez com todas as partidas anteriores. No entanto, havia algo apagado no seu olhar. Seus sonhos começavam a transbordar à noite e, como o carro pequeno da Ninar, não acomodavam mais toda a família. Ela acordava cheia de tristeza, passava a noite na companhia delas e não conhecia outro jeito de estar com elas a não ser nos sonhos. Ela me chama da sua cama pequena e estreita, me pede um calmante ou sonífero — qualquer coisa que a ajude a fechar os olhos. Diz que elas lhe tiram o sono. Assim que os seus olhos se fecham, a voz da Chaghaf, da Ninar ou da Marianne a acordam. Ela não se importa de ouvir as vozes, mas quer que elas penetrem seus sonhos para que ela possa ver os rostos, falar com elas e contar a cada uma, em particular, da sua dor e daquela destruição que lhe tem paralisado os pés. Eu estava convencida — e ainda estou — de que a minha mãe escolhera carregar toda essa destruição apenas na alma. Ela impedia o corpo de compartilhar a dor com a alma. Se ela tivesse deixado a porta da alma um pouco aberta, a dor teria vazado e deitado no seu rosto, deixando rugas que sugeririam a passagem do tempo e dos anos; seus ombros teriam caído, criando uma curvatura que insinuaria a exaustão. Foram apenas os pés que enfraqueceram e a levaram aos poucos à quase paralisia. Minha mãe passou a acordar do seu cochilo, ou sono, indiferente; ficava na cama, incapaz de tomar a decisão de se levantar. Havia algo que a mantinha no quarto, ao qual eu recorria sempre que vinha a ansiedade. Eu olhava para o seu sorriso matinal, cujo objetivo era incutir a paz no meu coração; o mesmo sorriso com o qual me recebia quando eu voltava da escola.

Descobri que com o tempo ela perdera a capacidade de atuar. Seus lábios tensos semiabertos já não eram de uma mulher de trinta ou quarenta anos, capazes de manter o ritmo sutil de esconder a dor, a infelicidade e o choro. Os lábios se cansam com o tempo, o coração se cansa, a alma se cansa, e os pés ficam exaustos de carregar todos esses sentimentos e memórias. Seus olhos apagados também nadavam no vazio, com uma expressão de que nada valia a pena. Fica a única frase que não sei onde ela aprendeu a dizer num inglês correto, nítido e sem vacilação: "Perdi toda a minha família nos últimos dois anos".

Dados Internacionais de Catalogação na Publicação (CIP)

W249f

Wannus, Dima, 1982-
   A família que devorou seus homens / Dima Wannus; tradutora: Safa Jubran. – Rio de Janeiro : Tabla, 2023.
   176 p.; 21 cm.

   Tradução de: Alaaíla allati ibtalaat rijalaha.
   Tradução do original em árabe.

   ISBN 978-65-86824-48-3

   1. Ficção árabe. I. Jubran, Safa. II. Título.

CDD 892.736

Roberta Maria de O. V. da Costa – Bibliotecária CRB-7 5587

título original em árabe
العائلة التي ابتلعت رجالها / Alaaíla allati ibtalaat rijalaha

© 2020, Dima Wannus

A primeira edição em árabe foi publicada pela editora Dar Aladab, em Beirute, em 2020. Esta edição brasileira foi acordada com a Raya the Agency for Arabic Literature em colaboração com Antonia Kerrigan Literary Agency.

EDITORA
Laura Di Pietro

REVISÃO
Isabel Jorge Cury
Juliana Bitelli

PROJETO GRÁFICO E COMPOSIÇÃO
Cristina Gu

PINTURAS DA CAPA
© Alice Shintani
Sem título, da série *Mata*, 2019-2021
Fotos de Filipe Berndt para Galeria Marcelo Guarnieri

[2023]
Todos os direitos desta edição
reservados à
EDITORA ROÇA NOVA LTDA.
+55 21 99786 0747
editora@editoratabla.com.br
www.editoratabla.com.br

2ª reimpressão

Este livro foi composto em Timonium e Pollen, e impresso em papel Avena 80 g/m² pela gráfica Leograf em maio de 2025.